谜托邦
MYSTOPIA

华文推理新大陆
推理迷的乌托邦

毒花束

[日] 织守恭弥 著
王丹 译

北京联合出版公司

序

六年前的四月 [1]，我刚就读初中一年级，那是我第一次见到北见理花学姐。

那会儿，满树的樱花已经慢慢飘落、凋零，枝头开始长出嫩芽，我也已经慢慢习惯了初中的生活。有一天，午休时间，我在操场前的洗手池边看到了高我一届的表哥聪一。

聪一只大我一岁，性格温和，又很聪明，就像我的亲哥哥一样。我们在不同年级，教室所在的楼层也不同，校内很少有机会见面。正当我高兴地想上前打招呼时，却被眼前的一幕吓了一跳。

他正在把便当盒里沾满沙子的食物倒进垃圾桶。

很明显，饭菜还一口未动。在倾倒的时候，玉子烧碰到

---

[1] 日本的新学期是从4月开始。（全书脚注皆为译者注。）

了垃圾桶的边缘，弹落到地上，上面撒满了沙子，那是姨妈最擅长的菜肴。聪一淡定地把它捡起来，扔进了垃圾桶，在洗手池冲洗着空便当盒。

聪一注意到我正目瞪口呆地看着他，尴尬地开口："不要让我妈知道，也不要告诉你母亲。那些家伙很快就会厌倦这种把戏的。"

我想起了在他家吃过的姨妈做的玉子烧那甜甜的味道。聪一和我二人的母亲是一起吃外婆做的玉子烧长大的亲姐妹，两个人做的玉子烧味道很不一样，但是都非常好吃，这真有趣。聪一好像更喜欢吃甜的，姨妈很高兴，便经常做给他吃。

想到聪一不得不亲手把喜欢吃的玉子烧扔进垃圾桶，我就感到无比愤怒和难过，甚至委屈得流泪。他没有告诉任何人自己被霸凌的事情，所以一直以来我都一无所知。在这之前，我一直认为霸凌与我的世界相去甚远。便当被糟蹋应该不是第一次了。聪一倒便当的动作是那么熟练，平静的神情好像已经放弃挣扎，这让我难以忍受。

我一脸愤慨地说："不能就这么饶了他们。这些家伙太过分了！你最好把这件事告诉老师。"

聪一为难地告诉我，他不想惹麻烦。

"我不想让父母知道。而且，就算告诉老师，那些家伙也不会承认霸凌行为，所以没有意义。还是不要刺激他们比较好。"

聪一消极地认为，找父母和老师商量只会让问题变得更严重，也只会让他在大人们看不到的地方受到更多欺辱。

既然聪一说不想让家长知道，那我也不好去告诉姨妈和姨父。我和聪一的年级和班级也都不在一处。我能做的只剩下倾听他的烦恼了。

原来，从初中一年级开始，他就遭遇了霸凌。为首的家伙到了初二又和他分到了同一个班级。虽然聪一说那些家伙很快就会厌倦，但是，霸凌并没有平息，而是越来越严重了。

他们强迫聪一偷东西，如果拒绝就会被他们群殴。聪一不想偷，而是自己花钱买下了他们想要的东西。被发现后，聪一又被他们要求缴纳"道歉费"。后来，他们把聪一非常珍视的祖父送的一块手表也抢走了。我提议陪他要回来，聪一却说："如果去要的话，可能连芳树你也会被霸凌的。"他阻止了我。

看到温柔的聪一满脸走投无路的无奈，我心里很难受。我担心还没有等到那群家伙厌倦的那一天，聪一就已经精神崩溃了。但是我又不知如何是好。

我的祖父和父亲都在从事法律相关工作，他们从小就教导我，做坏事就会受到惩罚，任何人都不能随意伤害他人，法律就是因此而存在的。那次父亲对我说这些话的时候，聪一也在旁边听着。

当时，我觉得父亲一直在保护我们，就像一座大山一样充满安全感。可是，现在祖父和父亲都不知道聪一遭遇了什么，不然他们一定会帮助我们。但聪一拒绝向他们求助。

在洗手池知道了聪一的事情后，在校内时，我就尽可能和他待在一起。尽管不能一天到晚都待在一起，但是午休和上下学的时候，我都会陪着聪一。只要我在旁边，霸凌者就无法再对他出手，当然，这并不是因为我长得人高马大。我只不过是个初一新生，他们没有理由害怕我，只是因为如果有目击者看到他们的恶行会很麻烦而已。对于他们这种不留下证据，只针对毫无还手之力的同学下手的行为，我非常愤怒。但聪一只是担心会不会连累我。

这种小事根本称不上连累，我是自愿陪着他的。聪一什么错事都没做，却连连向我道歉，觉得自己给我添了麻烦。

抢夺财物、殴打他人、强迫他人偷盗，这些都是犯罪行为，任何人绝对不该涉足，更何况还在上学的初中生。明明犯错的是霸凌者，最终却是受害者独自默默忍受一切，还要不断替他人着想，这简直天理难容。

我心里这么想，但却什么都做不了，焦急万分。

一天，我和聪一在一起吃午饭，无意中在他包里发现了一个装着现金的信封。

聪一只要离开教室较长时间，就会随身带着包。他担心把包留在教室里会被人翻动私人物品。这天，当他从包里往外拿便当盒的时候，一个信封掉在了地上。我把它捡了起来。

信封没有封口，我可以看到里面有一张5000日元的纸币。这对初中生来说，可是一笔巨款。

"聪一哥，这钱是给那些家伙的吗？"

我做不到视若无睹，忍不住问道。

"不是。"聪一从我手里接过信封，重新放回了包里。

我想，聪一一定是为了不让我担心才选择撒谎的。

聪一没有把自己被霸凌的事情告诉父母和学校。如果那天我没有碰巧撞见他，即使我们在同一所学校读书，大概他也会一直对我隐瞒这件事。所以，即便他一再否认纸币的事情，我始终不能彻底放心。

我提出今天放学后和他一起回家，聪一却推托说自己有事，拒绝了我。我心想：那钱果真是要交给那些霸凌者，我不能让聪一一个人去面对。

"我等你办完事，保证绝对不会打扰你。这样可以吗？"

虽然聪一不太情愿，但抵不过我的死缠烂打，勉勉强强同意我陪他去处理"事情"。

聪一让我帮忙拿着包，他手里只拿着那个信封，站在校舍后面，像是在等着什么人到来。

我屏气凝神，躲在校舍的角落里暗中观察，准备一有动静马上冲出去帮忙。

我不知道霸凌聪一的人长什么样子。只听他说过有一个为首的，其他都是跟班。可能是担心我会鲁莽行事，聪一就连霸凌他的人叫什么名字都没有告诉我。

我倒要看看那个家伙到底长什么样子。

出乎我意料的是,来的是一个女生。她有着一头及腰的秀发,黑亮且顺滑,脸上有一对杏仁一样的大眼睛,还有一张樱桃小口。这样的相貌不像是会恐吓男学生、对人大打出手的。

只见她从聪一手中接过信封,看了看里面,说了句"收到",之后就把信封夹在了英语词典中。

聪一简短地说:"拜托你了。"

她回答道:"交给我吧。"

不知为何,我一眼就认定她不是霸凌者。

后来我才从聪一口中得知,这个女生是我们学校初二的学生,叫北见理花。

聪一可能是对于无法靠自己要回手表感到羞愧,他不好意思地告诉我:"我拜托她帮我拿回祖父送我的手表。"

"她是隔壁班的学生,小道消息说她经常会接一些类似侦探的活儿。不过,一般找她的都是拜托她帮忙调查那些一见钟情的外校学生的名字和联系方式。我的手表并不是遗失的,我也犹豫过拜托她是不是不太合适,最后还是抱着侥幸心理跟她说了这件事。"

所以,聪一为此支付了 5000 日元?

虽然总比直接把钱交给霸凌者好,但她也不能保证一定能成功拿回手表吧。想到这儿,我心里有些愤愤不平:明明聪一才是受害者,为什么他还要支付额外的费用才能维护自己的正当权益呢?而且,帮助遇到困难的本校同学不是理所应当吗？她却因此收取费用，这不是乘人之危吗？

但聪一认为，只要有可能拿回手表，花 5000 日元也是值得的。

确实，如果直接找霸凌者索要手表，他们肯定不会归还。如果提出用钱赎回的话，他们或许会归还，但金额肯定就不止 5000 日元了。而且一旦付了钱，他们很可能会抓住聪一的软肋，故技重施，不断向他勒索钱财。

最重要的是，我能理解聪一。他无论如何也不想把钱交给霸凌者，求他们把手表还给自己。

虽然聪一在被欺负时没有反击，但他并没有完全屈服于霸凌行为。虽然他被殴打，但还是不肯去商店偷东西，即使被强行夺走钱包，也绝不会主动把钱交出去。

聪一应该也知道，如果他表现得更加顺从，可能就不会再被殴打了。但是他并没有那样做，这也许是他仅存的自尊。

正因为我明白聪一的这种心情，所以更替他感到难过。

把霸凌的事情告诉父母并不丢脸，我再一次劝他求助父母，可是聪一还是固执地摇摇头，说："我不希望父母知道我被霸凌。"

他大概担心父母知道后会伤心吧。

对此，我无言以对。

几天后，我和聪一一起放学回家，在经过一条人迹罕至的小路时，被一个女生叫住了，正是北见理花。

"让你久等了。"她把一个信封递给聪一，看上去和上次聪一装5000日元的是同一个。

聪一用右手接过鼓鼓囊囊的信封，把里面的东西倒在左手手心上。我一眼就认出，那正是祖父送他的手表。

聪一难以置信地紧紧盯着那块手表，看向北见理花："谢谢你。"

我不是没想过表能要回来，但没想到这么快。聪一肯定也是这么想的。

"不用谢。"

我忍不住问："你是怎么做到的？"

北见学姐一边笑一边说："这是商业机密哟。"

"你是侦探吗？"

"我现在还只是个见习侦探。"

北见学姐谦虚地说自己还只是一个见习侦探，但语气中带着一丝骄傲。

她没有选择在学校，而是在这里把手表还给我们，大概是担心会被霸凌者看到。

北见学姐只比我高一个年级，但看上去非常成熟。

一开始，我对她帮助受害者还收取钱财的行为有些反感。现在看到这个结果，厌恶感已经完全消失了。

如果是由聪一本人，或者是我作为聪一的家人直接去要回手表，很有可能会刺激到霸凌者。而付钱委托既不是家人也不是朋友的北见学姐，就能轻松解决这个问题。

聪一无论如何都不想依靠我,却心甘情愿拜托北见学姐做这件事。事实上,她确实在几天内就把手表拿了回来。

说不定,她也可以解决霸凌的事情。

意识到这一点后,我开口问道:"可以请你帮忙收集霸凌的证据吗?照片、录音都行,只要能作为证据交给警察。"

聪一转头看向我,我装作没注意到,一直看着北见学姐,等着她的回答。

聪一本人不想让家长知道霸凌的事,就算拿到证据也没用。一旦对警察或者学校说了,家长就会知道。如果拿到了证据,我们就可以和霸凌者谈判。如果霸凌者知道我们可以随时向老师或者警察举报的话,应该就会停止恶行。

"可以是可以。"北见学姐微微点头,打量着我和聪一,柔软的长发搭在肩膀上。

"收集证据,然后去找警察或者老师太麻烦了。直接让对方停止霸凌不是更简单吗?"

"你能做得到吗?"

"做不到的话不收钱。"

聪一突然向前迈出了一步。

我担心刚才自作主张这么问北见学姐让他不开心了,但好像并非因为这点。

聪一紧盯北见学姐,毫不犹豫地说:"那就拜托您了。"

聪一和北见学姐是同年级,却使用了敬语。

北见学姐点了点头,用大人的口吻回答:"我接受你的委托了。"

***

几天后,学校开始突击大检查。听说是有人匿名举报有学生携带违禁品到学校。

之前学校在老师办公室前放置了一个意见箱,用于收集师生的意见和建议,实际上并未收到过学生的举报。

我也考虑过写匿名信举报霸凌的事情,但聪一率先阻止了我。聪一说,如果只是举报某个班级有霸凌现象存在而不具体写出名字的话,学校无法确定霸凌者和受害者是谁,就不会采取具体行动,可能只是对全体学生开展一次说教就草草了事。这样,最终只会激怒霸凌者。

我非常认同聪一的话,最终没有写举报信。

这次,几乎没有发挥过作用的意见箱里难得收到了一封像样的举报信,学校干劲十足,开始了全校大检查。

学生们的书包、课桌、活动室的储物柜都成了检查的对象。

我们班也开展了检查,但是初中生又能带什么违禁品来学校呢?顶多是一些人被没收了手机、漫画、杂志,学校承诺放学后归还,检查也就仅限于此。

大部分班级估计也是差不多的情况。

那时,我还没有把这次检查同委托北见学姐的事情联系起来。

第二天上学的路上,聪一对我说:"昨天北见同学说'今天那家伙可能会心情不好,注意别成了他的出气筒',是不是和检查有什么关系?"

直到这时,我才意识到这两件事可能有关联。

我听说,霸凌聪一的带头人是足球部的。昨天放学后在社团活动开始前,所有活动室也都被检查了。

出于好奇,课间休息的时候,我问了班里足球部的同学。果不其然,昨天检查足球部的时候发生了大事。

同学详细地把当时的情况向我一一道来。

"当时真是闹得很大。昨天的社团活动都停了。"

原来,学校在一个初二学生的储物柜里发现了一张无码成人DVD。

当时,足球部的教练和大部分学生都在场。储物柜的主人涨红了脸,说这是别人的恶作剧,不是他的东西。DVD被没收了。那个学生一直强调自己是被冤枉的,DVD不是他的,但是和我说这件事情的同学好像完全不相信这一说辞。

"DVD的标题是我的母亲如何如何,封面是一个肌肉男穿着尿布叼着奶嘴,躺在一个阿姨的腿上。"

口味真重啊。

那家伙就是带头霸凌聪一的人。我假装不经意地打探他的名字,得知他叫相田。

"场面瞬间变得很尴尬,只有几个学长学姐在偷笑。大家本来都觉得相田在初二学生中很有领导风范，所以对此都大吃一惊。"同学说完后，叹了一口气。

我想象着当时社团活动室里的场景，不禁同情起了素未谋面的相田。但他是卑鄙的霸凌者，现在可不是同情他的时候。正如北见学姐所言，他很有可能将愤怒发泄到聪一身上。

中午一起吃饭时，我反复叮嘱聪一今天千万不要和相田独处。聪一的班上也在议论足球部发生的事，因而他也略有耳闻。

以往放学后，我和聪一都是在校舍前会合的，今天，我决定去他的教室找他。

放学铃声一响，我急忙收拾好东西，冲向聪一的教室。我和他的教室位于不同楼层。

我走在二楼走廊上，这里一排都是初二的教室。我有些紧张。

我站在三班门口偷偷往里看，看到聪一坐在从后往前数第二个靠窗的座位。

一个男生走近聪一，和他说了些什么话，他们看起来并不亲近。那个男生两手插兜站着，俯视着聪一。

聪一坐在座位上摇了摇头，男生好像对此非常焦躁。

他就是相田吧。听说他是足球部的，看上去不像个坏学生。

他的体格虽然比我和聪一健硕，但只看外表的话，也就是个普通的学生。

不，他可不是普通学生。他能够心安理得地殴打、欺侮同学，一点儿都不普通。

我在教室门口喊道："聪一哥。"

聪一听到后，看向我。

相田见状，咂了一下舌，从聪一身边走开了。

相田拿起书包走出教室，教室里的其他学生都齐刷刷地盯着他，男生在强忍笑意，女生则露出嫌弃的目光。

相田走到了教室门口。我侧过身，给他让道。

他毫不掩饰满脸的不快，走了过去。

这时，一个女生快步从我面前走过，从后面撞上了相田。

"啊，对不起。"

女学生道歉的声音煞是可爱。同时，相田的书包哗啦一下掉在了地上。

拉链没拉好的书包落地后，里面装着的东西也飞了出来。

女生慌慌张张地正要帮忙捡起东西，突然，"啊"她的一声尖叫起来。

听到声音，站在走廊上的学生也向他们看了过来。

散落在地上的教科书和笔记本中间，夹杂着一张包装过激的DVD。

女生向后退了一步，DVD的封面图片暴露在众目睽睽之下。图片上，一个穿着水手服的胖男生被女高中生踩在脚下，表情既兴奋又享受。

"不，不是，这不是我的！"相田的脸上露出害怕的神情，慌忙向看着自己的女生——北见学姐——解释道。周围的人纷纷聚集过来，相田脸上的表情逐渐僵硬起来。

大家都盯着 DVD 和相田看。他昨天应该也有过同样的经历。

"看什么看！"相田试图用大嗓门来威吓大家，但是谁也不害怕。

"怎么了？怎么了？"教室里的学生也纷纷冲出来围观。

"那是什么？"

"真恶心。"

"又是相田啊？"

"教室里也放这种东西。"

"男扮女装，SM[2]？"

"他不是喜欢成熟女性吗？"

……

围观的人越来越多，窃窃私语变得嘈杂起来。

相田慌张地看向周围，蹲了下来，把掉落的笔记本和教科书捡了起来，塞进包里。

他看了看 DVD，似乎有些迷茫。

最后，他把 DVD 也一起塞进了包里。

我能理解他的犹豫。如果他留下这张 DVD，看到的人数

---

[2] SM(性虐恋：sadomasochism 的缩写)，1895 年由德国心理学家席兰克·诺金（von Schrenk-Notsing）根据"虐待狂（sadism）"和"受虐狂（masochism）"两个单词进行变形而创造形成的。

就会不断增加，大家都会说，"这是相田的东西"，然后交给老师。

如果把它带走，又好像承认了这是自己的东西。

无论他怎么做，都会身败名裂。

我们看着相田慌张地收拾完东西匆匆离开的背影。

北见学姐拂了下裙摆，离开了，没有看我们一眼。

第二天，听说相田被叫到了学生训导室。

听班里足球部的同学说，相田再也没有参加社团活动。

相田一直带着两三个跟班欺负聪一，跟班主要负责望风，很少动手。这件事情发生以后，再也没有同学愿意听相田的话，聪一也没再被霸凌。

没多久，相田甚至不再来学校了。

有传闻说相田转学了。

我觉得北见学姐做得有些过分，但从结果来看，聪一终于可以安心地去学校了。而且正如聪一所希望的那样，家长和学校都毫不知情。

聪一再次将5000日元放进信封，在校舍后面交给了北见学姐。

我也跟着一起去了。

北见学姐收下聪一的信封，又把一个信封交给聪一。

"为了慎重起见，我还拍了证据照片，不过现在不需要了。"北见学姐补充道，"这是赠送的，不收钱。"

聪一从信封里抽出照片，我看到了，那是相田抓着聪一的衣服前襟，把他压在墙上的照片。好像还有其他几张。

"这是什么时候拍的……"

"商业机密哦。"

聪一完全没有注意到自己被偷拍了。北见学姐在相田和聪一都不知道的情况下，拍下了施暴现场。

既然北见学姐人在现场，完全可以施救或者叫人帮忙，为什么反而在拍照片呢？

我知道这么做是为了拿到证据，但总觉得有什么东西像一根小刺似的卡在心里。说不上是反感，只觉得很不舒服。

大概聪一觉得事情已经解决，也无所谓了，他看起来并不在意这件事。北见学姐把装有5000日元的信封收进包里。

风一吹，她的直发微微飘动，露出光洁无瑕的脸颊。

完全看不出她是能做出反制霸凌者这种事的人。那些成人DVD是从哪里找来的？当时，足球部的储物柜应该也是锁着的。

我有很多问题想问她，但就算问了，她应该也只会说是商业机密。

"那个人……好像不来上学了。"我开口说道。

北见学姐仿佛这时才意识到我的存在，看向了我。

她用手压了压随风扬起的裙子和头发。"是啊。"她回应得很干脆，仿佛对此事毫无感觉。

发生了那种事情，相田不想来学校也很正常。

聪一崇拜地望着她，满眼放光，但我的内心中仍有些不痛快，我不知道如何表述，也不知是否应该表述出来，只是望着她。

她看起来很不一般。

"我在想，他可能会觉得……如果再来学校的话，下一个被霸凌的就是他了。"

我的预感应该是对的。

我想起那时男同学们一脸坏笑地看着相田落荒而逃的背影，还有女同学们看着他，露出仿佛看见了"脏东西"一样的目光。

"像他那种人，就应该体验一下被霸凌的人的感受。只有自己经历了，才能体会到被他伤害过的同学的心情。"北见学姐说道。

或许是这样的。如果不那样反击，相田今后可能还会一直欺负其他人。北见学姐说的是对的。

在没有想到其他好办法的情况下，我似乎也没有权利责问她。

"但是，或许他以后都不能来学校了……"

"有可能。"她平静地点头，"如果他照旧来上学的话，你不觉得事态会更加严重吗？他的霸凌行为有可能会愈演愈烈，导致对方受重伤，这样他就是罪犯了。或者，若是谁无法忍受霸凌，拿刀捅了他，他也有可能变为受害者……相比较这些，他不来学校才是更好的结局吧。"

我也觉得她说的可能性很有道理。

我什么也没有回答。

我无法想象聪一会拿刀捅相田，但是聪一有可能因霸凌加重而受重伤。即便不会发展到那种地步，聪一也很有可能会不想去上学。除了聪一之外，一定还有很多同学也在遭受着相田的霸凌。

这样一想，我便无法再继续否定北见学姐的言行了。

毕竟，霸凌问题确确实实得到了解决。

而且，是我们主动去寻求她的帮助，她只是按承诺办事。

"万分感谢！"聪一往前走了一步，向北见学姐深深地低头行礼。

我也照着聪一的样子，低下了头。

毕竟她确实帮助了聪一，做到了我们无法办成的事。

我也说道："非常感谢！"

北见学姐轻压了一下随风飘扬的头发："欢迎下次惠顾。"

聪一终于可以独自一人安心地度过校园时光了。

现在，聪一已经不必在午休时还与我待在一起了。之前因为畏惧相田而不敢接近聪一的同学，如今也和他相处得还算融洽。

有一天，聪一和他的父母，也就是我的姨父姨妈说好一起去我家吃晚饭。早上我和聪一约好，放学后一起回家。

我去教室找聪一的时候，他正抱着上课需要用到的巨大的年表卷轴，从教室走向走廊。

"抱歉，老师让我整理卷轴。我一会儿就回来。"聪一不好意思道。

"需要帮忙吗？"

"不用。"

他用两只胳膊抱着教具，一脸精神抖擞，之前被霸凌时的那种局促感早已一扫而空。

我心想：真是太好了。可是下一秒相田落荒而逃的背影，以及北见学姐平静的表情又浮现在我的脑海里。

我站在走廊的窗边，等着聪一回来后和他一起回家。聪一的教室门开着，我可以直接看到教室里的样子。

操场和鞋柜前还有几个人，教室里已经空无一人了。

我看着聪一的座位——从后往前数第二排，相田与他相隔两个座位。

不知道为什么，我的胸中涌出一股说不清道不明的烦闷感。

聪一变得开朗起来，我觉得这很好，但心中还是不痛快。

自从那次与北见学姐交谈之后，我一直在思考这究竟是为什么，但总是想不出答案。

可能是对北见学姐选了包装过激的成人DVD的厌恶，但又好像不仅仅是这个原因。我自己也不知道。正因为我不知道，所以无法很好地向她表达出我的想法。

北见学姐接受了聪一的委托，聪一也确实从被霸凌的困境中解救出来。

我无法提出其他更好的解决方案，所以无法指责学姐是不是做得太过分。委托人本人很满意，我没有立场说自己不喜欢这种做法。

毕竟我不是当事人。

听到有脚步声走近，我抬起了头。可是，走过来的不是聪一，是两个人。

聪一的班主任陪着一位没见过的女士走了过来。女士的年龄和我的母亲差不多，她穿着一条朴素的裙子和一件白色的上衣，提着一个手提包和一个纸袋。

两个人从我面前走过，走进了没有学生的教室。

老师站在相田的座位前，说道"就是这里"，然后拉出了椅子。

那位女士微微点了点头，把纸袋横着放在课桌上。她的右手伸进课桌里，把抽屉里的东西装进纸袋。教科书、笔记本、文具盒、皱巴巴的打印资料，就连手帕纸、垃圾之类，她都逐一从抽屉里拿出来，小心地放进纸袋。

我大吃一惊，心跳加速。

她是相田的母亲。

她来学校取走相田的东西，说明相田真的不会再来学校了。相田要转学的传闻看来不是假的。

相田的母亲身材矮小，相田和她长得一点都不像。

"不好意思，让你久等了。"

聪一空着手回来了。

我没办法掩饰慌乱的心绪。聪一奇怪地看着我，又看向教室。

我们两个人谁都没有说话。

聪一不可能猜不出那位坐在相田的座位上，正在把东西装进纸袋的女士的身份。

我的心跳得更快了。

正当我在想该怎么办的时候，那位女士和老师从教室里走了出来。

老师注意到聪一和我站在走廊上。

聪一忙对老师说："老师再见！"

"啊，再见，辛苦了！"

老师应该是因为聪一帮忙整理卷轴教具的事情在道谢。老师一边回应，一边从我们面前走过。

而女士没有看我们。我看见她左手提着的纸袋里装着教科书和笔记本，还有校规禁止携带进学校的足球杂志。

她低着头走着，满脸疲惫，那瘦弱的身影和班主任一同渐行渐远。

聪一的书包还在教室里。但是他没有立刻回去拿书包，而是一直站在走廊上，看着两个人离开的方向。

我抬头看着聪一，想对他说"走吧"。

我突然看到他的嘴角浮现出了笑容。

***

我所知道的聪一遭受的霸凌只是很小的一部分,在我看不到的地方,他究竟经历了怎样的痛苦,我无从知晓。

也许他只是因为从霸凌中解放出来,知道霸凌者再也不会回来而松了一口气,表情不由自主地放松了。

即使不是这样——即使他是在为霸凌过自己的相田的不幸而高兴,觉得他活该,也无可厚非。

就算聪一不是正人君子,我也不该对此失望。

我在心里劝慰自己,那确实是我第一次见到聪一露出那样的表情——那不是我熟知的他。

在那一刻,我第一次成了当事人。

"北见学姐。"第二天午休的时候,我找遍了整个学校,终于在图书馆门口找到了北见学姐,她边走边快速翻阅着一本贴着图书馆标签的专业摄影杂志。听到我的声音,她停下脚步,把杂志合了起来。

"那个霸凌聪一哥的相田,他不会再回来了。昨天他母亲来学校把他的东西拿走了。"我没打招呼,单刀直入地说道。

我用这种方式对帮助过我们的学姐说话是很没有礼貌的。当我意识到这一点的时候,话已经脱口而出了。

"是吗?"

北见学姐调整了一下拿杂志的姿势，她的眼神像是在看什么新奇事物——仿佛我的话让她感到有趣，她歪着头看向我。

我不等她继续，抢先说道："我很感谢你帮助了聪一哥，但是我和聪一哥委托你，并不是为了得到这样的结果。我们不希望看到这种事情发生。"

北见学姐所做的是复仇。她的行为或许拯救了聪一哥和其他可能正在被霸凌的人，事实上远不只这些。

站在被霸凌者的角度，我也并非完全不能理解她的想法。但我并不认为她的做法是正当的。

当我看见相田沦为笑柄而仓皇绝望地逃走时，当我看见他的母亲悄悄前来取走儿子的物品时，我无法嘲笑他们，无法认定这一切完全是他们自作自受。

"我不想看到聪一哥露出那样的表情……"

无论是我还是聪一都做不出来那种事，以前的聪一应该完全没有体验过那种彻底击垮对手内心滋生出的毁天灭地般的喜悦感吧。

她替聪一完成了复仇，聪一品尝到了这种阴暗的情绪。

"我今天来，就是想告诉学姐你这件事的。"

北见学姐一瞬间睁大了眼睛。她的目光从我身上移开，短暂地游离了一会儿。

她慢慢地眨了两下眼睛后，就回过神来了。

从她眼神的短暂变化中，我无法读出她心绪的波动。刚刚那一瞬间目光的游离，或许只是我的错觉罢了。

我的话也仅仅是在她平静的心湖中掀起了一丁点波澜而已。

一旦她反问我"所以呢"，我就再也说不出任何话了。

"请问，北见学姐——"

一个女生看见了北见学姐，从我对面走到她身旁，说道。

"我有件事想和你商量一下……"

看来，有不少像聪一一样向北见学姐求助的学生。北见学姐转过头，见怪不怪地对那个女生点了点头。

她对我说了一句"拜拜"，然后就转过身去了。

我没有挽留她的理由，也不知道该说些什么，只能目送她和那个女生一起走远。

因为父亲工作调动，不久我就转学了。后来，再也没见过北见学姐。在亲戚聚会上，我又见到过聪一，他看起来很有精神。相比之前，他变得更加开朗了，也许之前那个阴暗的笑容只是我想多了吧。

北见学姐并不是一个专业的侦探。现在想来，她拍摄霸凌的证据照片、寻找遗失物品这些工作，还有最后制止霸凌的行为根本不能算是侦探的工作范畴。

不过，经过这件事，侦探这一职业在我心中留下了深刻的印象。

1

　　我在互联网上一连找了好几家调查公司和信用调查所，之所以选择了北见侦探事务所，是因为我想起了初中时遇到的第一个"侦探"。

　　距考上父亲的母校不到半个月，我终于习惯了大学生这个身份。尽管很多初中时的事情已经想不起来了，但看到"北见"这个姓氏的时候，我的记忆突然复苏了。

　　因为我父亲是检察官，工作经常调动，我从很小的时候就和母亲跟着他在全国各地到处奔波。现在，我考上了大学，又回到了幼时生活的城市。

　　我就是在这个城市里遇到了那位自称是"见习侦探"的少女。

　　我搜索"侦探"这个关键词的时候，跳出来的网站大多是"调查公司"，只零星出现了几个"侦探事务所"。无论是调查公司还是侦探事务所，业务内容基本都是一样的。

　　我搜索了步行可达范围内的侦探事务所，数量比我想象中多很多。正当我犹豫选择哪一个的时候，我的目光停留在了这家和记忆中的少女同姓的事务所上。

　　虽然我从未见过这家事务所的宣传广告，但它的成立时间已经超过十年。能顺利运营十年，说明实际业绩应该不错。

而且我在互联网上查了对这家事务所的评价，也不差。

可能出于某种缘分，我马上联系了事务所，听说可以免费咨询，我放心地预约了咨询的时间。

今天就是预约的日子。

正好今天学校只有上午有课，下课后我便从学校直接去了事务所。

这是一栋八层建筑，一楼有一家咖啡连锁店，北见侦探事务所在五楼。

乘电梯上五楼的时候，我在电梯里确认了自己的袖子和衣摆有没有乱，擦了擦眼镜，整理了一下全身的衣着，还把像背帆布包一样背在左肩上的公文包，换成了用左手提着。

虽然这栋大楼外观很有年代感，但里面应该重新装修过，十分干净整洁。事务所的入口处装有监控摄像头。入口处的墙上贴着银色门牌，上面写着"北见侦探事务所"的字样，门牌下装有呼叫机和可视门铃。

"我叫木濑，预约了3点的咨询。"我按下门铃，自报姓名后，一个体格健硕的男人一边嘴里说着"已恭候您多时了"，一边走出来迎接我。

他长得像武侠片里的大侠，但语气温柔，举止优雅。

怎么看他的这个样子都不像前台接待，因此我推测他应该是个调查员。是前台接待在忙吗？还是这家事务所本来就没有前台接待，调查员也帮忙处理调查以外的杂务？

他带我走向会议室，中途路过了办公区。

一排足有半人高的柜台形状的隔断，将房间大致划分为通道和办公区。

办公区大约有二十张榻榻米大小[3]，里面有一张由四张办公桌两两相对拼成的大桌子，还有一张由两张办公桌并排拼成的小桌子。两张并排放置的办公桌上收拾得很干净，上面什么也没放。其余的每张桌子上都摆放着一台台式电脑。

办公区对面是一间谈话室。谈话室有一扇大窗户，从办公区可以看到里面，但现在拉下了百叶窗。

"负责人马上就到，请您在这儿稍等片刻。"

带路的男人打开了谈话室的门。我站在谈话室的门前，回答了一声"好的"，不经意地望向办公区。

总共四台电脑，看来规模也不是很大。现在里面只有一个 25 岁左右的年轻男人正在接电话。

男人的头发染成茶色，乍一眼看过去以为是便利店的兼职店员，看起来很普通，一点也不像侦探。话说回来，如果让人一眼就看出是侦探，那跟踪起来也会很辛苦。

年轻男人拿着电话听筒，叫住了一个年轻女人——她正同一位穿着西装的男士一起从办公区走出来。

"代理所长，二号线有你的电话，是 T 保险公司打来的。"

"跟他说我会回电的。"

代理所长——她看起来十分年轻。

---

[3] 日本住宅大多以榻榻米的数量表示房间的大小。一张传统日式的榻榻米尺寸为宽 90 cm、长 180 cm、面积 1.62 m²。文中的 20 张榻榻米面积约为 32.4 m²。

她似乎正在送客人。办公区里应该还有一间谈话室。

他们向出口走去，经过我的身旁。

男士的西装领口上别着一枚律师徽章，难道他也是侦探事务所的客户？

"那就麻烦你了。"

"好的。平时承蒙您照顾了，时雨律师。"

"哪里哪里，是我一直在麻烦你们，回头我们再联系。"

他们互相打着招呼，之后男士离开了事务所。

年轻女人关上门，转身看向站在谈话室门口的我。

杏仁一样的大眼睛、樱桃小口……虽然头发剪短了，但仍然能看出以前的影子。

"……北见学姐？"

我叫出了她的名字。

北见理花看着我，慢慢地眨了眨眼睛。

"请允许我再次自我介绍，我是调查员北见。"

我同北见学姐隔着谈话室的桌子相对而坐，她笑着说："请多关照。"

我在谈话室门口叫出她的名字时，她愣了一下，当我向她说明我也曾经在I初中就读过之后，她点了点头，知道了我是她初中时的学弟。

我一不留神喊出了北见学姐的名字，但是我想她应该不会记得我。对她来说，聪一的事情只不过是她当时接受过的众多委托之一。更何况，我甚至都不是委托者，只是在聪一付钱的时候陪在他的身旁而已。虽然我从聪一口中听闻了她的姓名，但是她应该并不知道我的姓名。

不认识对方，但对方记得自己的姓名和容貌，北见学姐对于这件事并没有表现得非常讶异。大概是因为她在初中时本来就是风云人物，在校内有一定知名度，已经对这种事习以为常了。因为初中学校也在这座城市，委托人与她是校友并不算稀奇，甚至会有听闻她在初中时的壮举而前来委托的人，大概她认为我也是这样的人。

"啊，身份证件，我只带了学生证……"

工作人员在电话中告诉过我要带身份证件前来。

想到这儿，我稍稍从椅子上起身，从后兜里抽出钱包，取出夹在卡片层里的学生证，隔着桌子递给了她。

她将学生证上的照片和我的脸做了比对，颔首说了句"没错"，之后将学生证翻转，正面朝上递还给我，"若您决定正式委托我们，我们会复印您的身份证件，现在先还给您。"

"好的。请你不要用那么客气的语气。对于委托侦探这件事，我还有些紧张，所以想着找熟悉的人会更安心些。我们是初中的校友，不用敬语也能更好地沟通。"

"是吗？这样的话，我就不客气了哦！"

初中时，仅仅是高一个年级就能明显感觉到我与她之间的巨大差距。现在，或许是因为她身材娇小，反倒看起来比我还小，像个高中生。她给我的感觉，比起刚刚那个接电话的茶色头发的男人，更不像个侦探。

"真让人惊讶，虽然想过名字一样，但我真没想到就是你本人在这里工作。"

北见学姐看上去不像兼职，更像是正式员工。

刚刚她递过来的印有事务所标识的名片上，只写了她的身份是调查员。

"刚才，他们是喊你代理所长吗？"

"徒有其名罢了，因为所长经常不在，出任代理所长只是为了处理事务更加方便，就是个头衔而已。其实我并不比其他调查员高级。当然，因为我从初中时就开始在事务所帮忙，所以我的工龄很长。"

北见学姐说完，耸了耸肩，继续说道："这是我叔父的事务所。调查员也都是从初中时就认识的，所以工作后还是有一种当年的感觉。以前事务所的同事都叫我'大小姐'，我和他们说不要在客户面前这样称呼我，之后他们就开始叫我'代理所长'了。"

看来，初中时她说自己是见习侦探不是开玩笑。我当时就觉得北见学姐的行动力比一般初中生强很多，现在看来是她叔父教导的关系。

"你看到事务所的名字就想起我来了吗？你记性真好，居然还记得我的名字。"

"那是因为学姐你给我的印象太深刻了。"

不知道她是怎么看待这句话的——她只是耸了耸肩，又说道："当时我在学校里什么委托都接，但是现在只能承接《侦探业法》规定范围内的事务了。听闻过我初中时的名声过来找我委托业务的人，有相当一部分都是希望我帮他们处理麻烦的。"

"当然，我很理解。"

听到她这么说，我放下心来。

"是吗，那就好。"

敲门声响起，门打开后，茶色头发的年轻男人端来了茶水。他就是刚刚那个称呼北见学姐为代理所长的人。

他说了一声"不好意思"，然后把茶杯放到我面前的茶碟上。

"大家印象中的侦探都是忙于调查案件，但这种情形只存在于电视剧中。我们的工作，说到底就只是调查和报告——当然，在调查方面，我认为还是能帮得上忙的。"

"话虽如此，她还是帮助很多委托人解决了不少问题。委托人只是委托她查明跟踪狂的真面目，她却会帮助委托人把跟踪狂移交警察局。"茶色头发的男人在北见学姐的身旁也放下一杯茶，接着用轻松的语气插话道。

北见学姐双手交叉抱在胸前，看向他："必要的时候也需要做一些善后工作，但也仅此而已，只是为了提高顾客的满意度而已。"

两个人非常轻松地交谈着，这是一家看上去气氛很轻松的侦探事务所。

在客户面前这样随意交谈，很难说是好是坏，但这并没有引起我的不快。正因如此，我的紧张得到了缓解，我甚至生出些许感激之情。

"我们不会去做违反《侦探业法》和《律师法》的事情。如果需要代理权的话，我们会拜托时雨律师。"

"啊，时雨律师是一位业务能力出众的律师，就是刚刚和你擦肩而过的那个人。如果需要警察和律师的协助，我们会向你介绍他的，请你放心。"

"好了，吉井君，你快去接电话吧。有需要的话我会叫你。"

男人虽然看起来比北见学姐更年长，但是他老实地回答了一句"好的"，就走出了房间。

虽然北见学姐说她并不比其他调查员更高级，至少地位还是不低的。

北见学姐从桌子旁边的扁平盒子里拿出了一个笔记本和一支钢笔，准备听我说话。

我问她："侦探都做些什么？工作的内容是什么？"

"找人、调查出轨、财产调查、人品调查这些比较多。我们并不是什么委托都接受，所以请你先讲述你的委托。比如，初中时有人委托我调查一见钟情的异性的住址，现在就不能简单地接受委托了。"

如果不确认委托人的身份，不清楚对方的目的，很有可能会成为罪犯的帮凶。

只在法律规定的范围内开展业务,这样可以让人更放心地委托。但是,我还有一些在意的问题。

"请问,调查是学姐你一个人负责吗?"

"基本上是这样的。"北见学姐歪着头,转着手上的钢笔,"怎么了,对方这么棘手吗?"

"为什么这么说?"

"初中时就认识我的客户,应该不会对我的调查能力有所怀疑。你现在却一脸不安,很担心的样子,应该是你觉得这份委托对一名女侦探来说可能有些危险了。"

我的表情有这么明显?我不由得摸了摸自己的脸。

"如果需要跟踪或监视对方,我们基本是两人一组,你想说的是这样的委托吗?"

"不……我不知道。"

我现在还不知道对方到底是谁,但是,我知道可能会有危险。

我踌躇片刻,犹豫委托女侦探是否合适,却一下子被她看穿了。对她这样的专业人士来说,这样的担心本就是一件很没有礼貌的事。

我下定决心,开口道:"我收到了恐吓信,想请你帮忙找出对方。"

我想起初中时她曾经轻而易举拍到霸凌现场的证据照片,又补充道:"如果可以的话,希望也能拿到证据。"

北见学姐默默地看了我三秒钟。与其说是看,不如说是观察。

我感到不自在，动了动身子。

她直截了当地说："你不是为了自己的事情而来的吧？"

"……为什么这么说？"

"你从一开始就没有露出急躁或心慌的神情，脸色也不错，发型、服装都好好的，看起来不像是被恐吓到走投无路的人。

"从一个人的言行举止就能大致看出他是在什么样的家庭环境中长大的。你的父母应该是规规矩矩的人，你应该也是这样的。"她一边说着，一边微微歪了歪头。

"你的衣服和鞋子虽然都是休闲风，但都干净整洁，手表还是奢侈品，可能是父母送你的礼物，品味很不错。还有那个……"

她用笔指着放在椅子上的藏青色公文包。

"现在的年轻男性出门带公文包的很少见，是受到你父亲的影响吗？检察官倒是经常会这么做。"

确实是这样，是做检察官的父亲教给我的。他说，他在工作时会用公文包携带与案件相关的材料。从此以后，我也用上了公文包。特别是在学校，公文包可以很方便地收纳教科书，而且不占地方，我很喜欢。

"好像有些跑题。总之，即便不考虑刚说的那些事情，只要跟你稍微聊一会儿就知道你本人是个很规矩的人了。如果是你自己家里收到恐吓信，你肯定会交给警察。你现在是和家人一起住吧？如果是那样的话，正常来讲家人也会建议你去报警。没有选择这么做，要么是觉得事态没有那么严峻，要么就是没有很困扰，或者是有不能这样做的理由。既然是'恐吓'，内容起码不只是'诽谤中伤'，还应该有'以恶害相通告'，警察便不会置之不理，至少会同你商谈解决办法。更何况恐吓信是寄到了检察官家里。但是你选择向侦探寻求帮助。"

我没有回答，她继续说道："特意来委托我们寻找犯人，是因为切身意识到了事态的严重性进而感到十分困扰。没有选择报警是因为不想把事情闹大？是因为在意周围人的看法，还是因为自己做了亏心事，本就猜测到了被恐吓的原因？委托我们彻查犯人是想要自己私下复仇吗？但是你看起来并不像这种人。"

一圈，又一圈。她转了两圈笔。

我下意识看向她右手的笔，又将目光重新放回她身上。

"所以，这么说来，收到恐吓信的并非你本人，而是另有其人。你很担心这个人，但他说不想惊动警察，所以你最后决定求助侦探……是我想的这样吗？"

"……侦探都像你这样洞悉所有事情吗？"

"不，是我格外优秀。"她再次微笑着说道。

"……我知道了。"

的确如此，她的洞察力十分了得。并且我也知道从初中时起，她就极具行动力。与其委托来历和能力不明的陌生侦探，不如委托她更让人放心。

"委托人确实不是我，而是我的朋友，曾经关照过我的真壁研一。"

虽然最终决定是否委托侦探的并不是我，但是我要先跟北见学姐讲一下事情的经过，请她确认是否能接受这项工作，还有侦探到底能做些什么。

我刚一开口，北见学姐就在笔记本的最上面一行写下了日期和时间。

"是他收到了恐吓信吗？"

"是的。碰巧被我发现了……所以，我建议他找个侦探调查一下寄件人。"

我在脑海里整理了一下事件发生的顺序，调整了坐姿，说道："我和真壁哥很久没见了，上个月一个偶然的机会，我们再次遇见了……"

由于父亲的工作经常调动，我小时候搬过几次家。

我从与北见学姐初次见面的这个城市搬到 N 市 S 县后，真壁就成了我那时的邻居。当时他在大学医学部就读，我请他做我的家教，他还带我出去玩过几次。

他是一个开朗、善于社交且朋友很多的人。对当时还是初中生的我来说，大学生已经是成年人了，他是我所憧憬的人，是一个帅气的大哥哥。

我与他的接触一直到初三的夏天，之后我们全家搬家离开了 N 市，我也因为忙于高中的考试，不知不觉联系就变少了。

过了几年,就在上个月,我们又再次遇见了。我无意中走进了一家室内装饰店,他是店长。虽然我不知道一直梦想着成为一名医生的真壁为什么会变成一家室内装饰店的店长,但我并没有问他。能够再次见面我们都很高兴,他请我吃了饭。我们聊得很开心,之后又见了几次面。

"上周我们吃完晚饭后,我去了他家。或者说,我把喝醉的真壁哥送回了家。"

他很高兴地告诉我,他和正在交往的女朋友订婚了。

真壁给我看了他手机里的合影。他的未婚妻有些其貌不扬,但看上去大方得体,给人比较好的印象。真壁说,他们是在他搬到这个城市之前,在 K 县的时候认识的。

"我们当时碰巧住得很近,因此见过几次,很自然地就走近了。那时候我刚和前女友分手,她对我非常温柔。我在最失落的时候,被她治愈了,我感觉和她就是命运注定的缘分。"

真壁一边看着照片,一边对我说:"和她在一起,我感到很安心。"

大学时期的真壁总是被很多异性包围,其中不乏很多有魅力的女生,所以我很意外真壁会选择现在的女朋友,也正是如此,我知道他这次是认真的。

我笑着对他说"恭喜"。似乎是为了掩饰自己的不好意思,他连着喝了好几杯酒,等到缓过神来,他已经喝得不省人事了。

幸好我还未成年，只喝了无酒精饮料。当时还不是很晚，我和真壁一起乘了电车，然后我从车站坐出租车把他送到了家。

"真壁哥脚步不稳，我扶着他进了卧室，不小心踢翻了垃圾桶。"

在收拾垃圾桶的时候，我发现了一封被丢掉的信。真壁应该是把信撕了以后再扔掉的，信已经皱皱巴巴了，但还能看清上面的字。

要是你有良心，就不要结婚。

第二天，真壁酒醒后，我向他确认了这件事。他说，大概在一两个月之前就收到了恐吓信，正好是在他和交往的女朋友佳奈美决定结婚，两个人刚搬到婚房住的时候。

他说，除了我看到的那封以外，还收到了其他恐吓信。我建议他报警，但真壁好像有些抵触，他觉得警察会因为还没有造成实质性的伤害而无所作为，还担心邻居会说三道四。最重要的是，他不想在临近结婚的重要关头让佳奈美感到不安。虽然他现在还是一个人住，但是两人计划同居，女朋友经常会去他那里。

"佳奈美不知道恐吓信的事情吗？"

"到目前为止应该是的。"

真壁应该是为了不让女朋友看到而把恐吓信全都扔掉了。

听完我的讲述后，北见学姐点头表示了解，又转了一下手上的笔。转笔似乎是她的习惯性动作。

"真壁本人同意雇侦探调查吗？"

"同意。我劝说他如果不想报警，就试着咨询侦探或者律师。"

放任不管，也不知道恐吓什么时候才能停止。这样下去的话，总有一天会瞒不住佳奈美。婚后共同生活，她也有可能看到恐吓信。虽然没有造成实质性伤害，但是恐吓行为再持续下去，真壁的精神也会崩溃，最重要的是，等到真出什么事就太迟了。必须在恐吓行为升级之前想想办法，真壁和我的想法一致。

但是，并不是随便找个侦探就可以。侦探必须认真听取我们的需求，在绝对保密的前提下展开行动。但真壁找不到可以信赖的专业侦探。他刚从外县搬来，对侦探这个职业也很陌生。

因为我有很多家人都从事法律工作，所以真壁托我问问家人是否认识厉害的侦探，我一口答应了。可是，问了一圈，我周围也没有人委托过侦探，最后只能通过网络和电话黄页来寻找。

"我们希望能在不让佳奈美和邻居知道的情况下找出对方。不知你能接受吗？"

"可以。不过还是先去见一见真壁本人吧，详细听听事情的经过。还得向他说明一下费用问题。最重要的是,我需要直接确认他的委托意向。"

"那当然。"我低头行礼,"谢谢。"

"我马上联系真壁哥,让他预约后直接过来。"

网上也写着侦探好不好,最可靠的是听听有经验的过来人的看法。

我亲眼见识过北见学姐的工作能力,所以很放心。她的方式方法姑且不论,我知道她是一个工作能力出众的侦探。

如果要开始调查,自然是越快越好。真壁也一定想立刻就与北见学姐商谈。

如果他不希望未婚妻察觉这件事,我可以作为中间人帮忙联系。

向北见学姐表达谢意后,我离开了北见侦探事务所。

北见学姐和在做话务员的吉井特地离席走到门口,目送我离开。

我朝车站走去,步伐比来的时候轻快了许多。在路上,我急忙给真壁打了个电话。

我感到很开心,终于找到了值得托付的侦探事务所,没有让真壁的期望落空。

电话铃响了几声后切换到了留言模式,我交代了一下今天同侦探碰面的事情,并告诉他稍后会在短信中详细说明情况。

回家后,我给他发送了一条短信。

看时间他应该下班了，但是我没有收到回电，或许他在加班。

我在短信中告诉他，我找到了愿意接受委托的侦探，如果要委托的话需要他本人出面，并附上了北见侦探事务所的名称和联系方式。我又补充如果有需要，我可以陪同他前往，也可以作为中间人帮忙联系。

同父母吃过晚饭后，我在房间里完成了作业，泡了个澡，就上床睡觉了。我的心境很平和。

可能是因为终于完成了一件大事，放下心来了，这一夜我睡得很香。

睡觉时，我习惯不把手机放在身边，所以没注意。第二天早上看手机时，发现在深夜12点左右收到了真壁发来的简短的回信："谢谢。我会去看看的。"

一周过去了……十天过去了……

那条短信之后，真壁再也没有与我联系过。别说事情的进展如何，就连他最后是否委托了北见学姐，我也并不知晓。

虽说将北见学姐介绍给真壁后我的任务就已经结束了，但我仍旧关注事情的进展。虽然调查的内容和进展属于真壁的个人隐私，与我无关，但我既然是介绍人，就应当对此负责。

初中时的北见学姐就已经能够游刃有余地满足委托人的需求，所以我并不担心她的调查能力。如果有问题，那也是调查能力以外的问题。她说过，她不会做调查和报告以外的事，所以我想应该是无须担忧的，但我依然不希望因为她的过失给真壁造成麻烦。

因为担心真壁会产生先入为主的偏见，这段时间我并没有主动联系他，也没有告诉他我认识北见学姐的原委，或许我应该事先告知他比较好。为慎重起见，我应该提前且明确告诉北见学姐不希望事情复杂化的想法。

短暂的犹豫后，我在距上次去北见侦探事务所两周时，决定试着联系一下真壁。

"委托侦探调查的事进展如何？对方找到了吗？"

我发送了一条短信，过了好一会儿还是没有回信。在等回信的时候，不知为何，我有一种预感，真壁是不是还没见过北见学姐？为了确定事情的进展，我一直随身带着手机等回复。

到了晚上，终于有回信了："这几天有点忙，还没有去。"

收到回信后，我心想：既然他现在有时间，应该方便说话，就马上发短信确认他是否方便通话，收到肯定的答复后，我打了电话。

响了三声铃后，真壁接起了电话。

"大晚上还给你打电话，真不好意思。"

"没事，刚好我现在一个人，很高兴接到你的电话。你为我费心安排介绍侦探，我却没去，很抱歉。说实话，我还没有下定决心，不知道到底该怎么办。"

要是佳奈美在，他也不方便谈这个事情，这个时间点刚好。

"那人还在继续寄信过来吗？"

"啊，嗯，是的。那人又寄来了新的信件。"

我原以为如果对方不再来信，那我们就没必要再谈委托的事情了，看来事情并非如此。

他继续语速很快地说道："虽然心情很糟，但现在不是还没有受到实质性伤害吗……委托侦探也不知道能不能解决问题。当然，我知道芳树你介绍的人一定很靠谱，但我总是下定不了决心。"

真壁一副犹豫不决的样子。

不久之前，在我和他交流的时候，他对委托侦探持积极态度，现在是改变态度了吗？既然他还没有去过事务所，也不可能是因为对北见学姐个人有什么意见才转变态度的。

"你可以同侦探商谈后再决定是否要委托。先去见一面怎么样？"

"我也是这么想的，但是很难找到能瞒着佳奈美去事务所的时机。不上班的日子，我一般都和她待在一起……一旦委托了侦探，我会经常接到电话吧？那可能会让佳奈美感到不安，或者会被她怀疑，恐吓信的事情暴露的话，岂不是违背请侦探的初衷，把事情闹大了吗？"

"我想侦探事务所会为我们考虑到这一点，我也可以做中间人……如果是我联系你，佳奈美大概也不会怀疑吧。"

"如果能这样就太感谢了。我再考虑考虑。"

直觉告诉我，这样肯定不行。

真壁不是不想委托侦探，只是一直在烦恼，在等一个合适的时机，想着过段时间再去委托侦探，一直拖延，最后就会陷入死胡同。或许他潜意识里还是期待恐吓信的事能自然而然地结束。但我深知，不能一直这样继续下去，如果他不踏出第一步，一直拖拖拉拉，只会浪费时间。如果真的发生什么事，就追悔莫及了。

我很着急，但是也不能强迫真壁把他拉到北见学姐的事务所。

挂断电话后，我盯着手机屏幕看了一会儿。

我想起了聪一。聪一和真壁的长相、性格完全不像，但都认为只要自己忍耐，糟糕的事情总有一天会结束。在这一点上，他们一模一样。

如果初中时被霸凌的聪一没有拜托北见学姐会怎么样？如果北见学姐不在那所学校又会怎么样？

当时是我先拜托北见学姐收集霸凌的证据，最后将聪一从霸凌中解救了出来。多亏了北见学姐的计策，霸凌聪一的学生逃跑似的转学了。虽然我对于北见学姐解决问题的方式方法有过质疑，也曾经心情复杂，但是我认为拜托北见学姐这件事情本身没错。换作现在，结果一定会不一样。

我拿出钱包，找到卡层里北见学姐的名片，拨通了事务所的电话。

本以为时间这么晚，电话大概没人接，但三次响铃后，一个男人接起了电话。他说北见学姐出去调查了，不在事务所，我同他预约了第二天见面的时间。

此时，我心意已决。

＊＊＊

"您真准时。"

我再次来到了北见侦探事务所。吉井出来迎接我，把我领进谈话室。

北见学姐没在办公区，吉井端茶过来后不久，她不知从哪里出现，坐在了我对面。

"让您久等了。"

我点点头，马上进入了正题："我听真壁哥说了，他还没有来委托您。"

北见学姐若无其事地点了点头："他是改变主意了吧，这很正常。"

"我想他并不是不想委托。他本人应该也明白必须想办法解决这件事，只是迟迟无法下定决心……他担心即使委托了侦探也不一定能顺利解决问题，反而会增加被未婚妻知道的风险，他考虑得太多所以才犹豫不决。如果就这样放任不管的话，可能接下来对方就不只是写恐吓信这么简单了。"

我能理解真壁的心情。委托侦探是个需要勇气的决定，还要考虑费用的问题,虽然他没有说出口。

冒着被未婚妻知道的风险,又花了钱,也不知道能不能达到理想的效果,犹豫很正常。

但是,放任不管并不能保证事态会好转。考虑到种种风险,现在不能再犹豫了。

冷静地思考过后就知道应该尽早采取措施,不知为何,真壁就是做不到。他并不是那种优柔寡断的人,这让我有些意外。也许作为当事人,他考虑的会更多。

我也希望恐吓信不过是一场恶作剧。如果真相并不是这么简单的话,到时就该后悔莫及了。更何况我读到的那封信上写着"不要结婚"的字样,信中没有任何过激的语言,感觉不像是普通的恶作剧,这反而更令人感到不安。

"既然本人没有调查的意愿,那就没办法了。毕竟我们也不能擅自展开调查。"北见学姐平静地说道,仿佛是在宽慰我。

也就是说,如果有正式委托,她就能够开启调查。如果不是早就有对策,她不会说出这样的话。换句话说,如果她能展开调查,就有十足的自信能找到对方。而我想确认的就是这一点。

"那由我来委托。"我看着她说道。

"我想找出恐吓我朋友的人,然后收集相关证据。即便不是我本人受到恐吓,也可以委托吧?"

倘若要向警察报案,只能由本人提出,但是委托侦探调查应该没有这样的限制。

北见学姐睁大眼睛看着我，眨了眨眼睛："……可以是可以。"

"太好了。"

我端正姿势，再次向她低头行礼。

"那就拜托你了。他本人应该也是想委托的,只是没法下定决心……在他犹豫不决的时候，事态可能会发展到无法挽回的局面。希望你能在尽力避免邻居和他的未婚妻察觉的前提下找到犯人。如果能拿到证据的话，警察就能有所行动，我们也能和犯人谈判。"

虽然真壁的本意并不想报警，但若是能够掌握足以立案侦查的证据，就能与对方谈判，将事情向对我们有利的方向推进。同时在紧要关头，证据也能成为我们的保障。

北见学姐稍稍左倾了下头："木濑君，你真的要帮他支付调查费吗？他也不是你的家人。另外，你知道现在侦探费用的行情吗？可不再是一万日元这样的小数目哦。"

"这些钱，就当作我给曾经关照过我的人的订婚贺礼吧！"我对上她意味深长的目光，有些烦躁地将视线移向别处。

"寄恐吓信太卑劣了，我不能原谅这人！"

我突然有些情绪化起来。因为在之前的那家室内装饰店里，我再次见到了真壁。当我叫住他时，发觉他竟然有一瞬间的惧怕。我自报家门后，他才反应过来，并热情地邀请我一起吃饭。即便如此，我还是清楚地感觉到他有些不同于往日。

在我的印象中，他是一个乐观开朗、善于社交、与谁都能马上打成一片的人。可那时，他看向我的一瞬间，目光里充满了戒备。之后和他一起吃饭，交谈时发现他已恢复如常。但我总是忍不住想起猛然叫住他时，他的眼神中流露出的那丝阴翳晦暗。想到这儿，我不由得为他担忧起来。

当看到那封皱巴巴的恐吓信时，我才明白了一切。不论是谁，在长时间持续收到陌生人的恐吓信后，精神都会变得高度紧张。

在谈论恐吓信的时候，他也表现出了强烈的不安。虽然嘴上说着自己并不在意，很显然，持续不断的恐吓信已经在他的心里留下了阴影。虽然只是一瞬间，但把曾经那么乐观开朗的真壁逼到了畏惧别人的地步。我痛恶那个把他逼入绝境的人。更何况，在他与爱人即将缔结婚约、建立新家庭的时刻，对方竟然做出这种挑拨离间的龌龊事，实在让人无法原谅。

"你很有正义感啊。"

听到北见学姐这样说，我心头一怔，马上冷静下来，觉得很不好意思。我视线看向别处："……不是那样的。"

我内心的确很担心真壁，不想放任对方继续寄恐吓信的行为。但是，不仅仅是这个理由。从道理上讲，我们确实应该这样做才能解决问题。但是真壁不想如此，他不想与嫌疑人斗争，这让人焦急。这种心情，我很熟悉。

受害者什么都不愿做会因此而错过时机，对此我感到焦躁。除此之外，我的内心还有一种危机感，我害怕自己明知应该这样做，最终却什么都没做，日后会追悔莫及。所以我说服自己做出了自认为正确的选择。有正义感这种说法听起来不错，但也许那只是我自以为是的任性。

我突然想到北见学姐初中时的所作所为，或许她那时的心情与现在的我是相似的。

"可以。如果你希望如此，我就接受你的委托。"

我抬起了头："真的吗？"

"作为给学弟的折扣，这次的定金只要五万日元就够了。交通费等其他调查期间所产生的费用按照实际支出收费。最后，成功知道对方的具体身份后，报酬收费十五万日元。"

她张开右手的五个手指，比画了一个"五"。

定金只要五万日元，相比于我在网上搜索到的侦探调查费用行情，她的收费确实很良心。

尤其是成功完成委托后再收费的制度很少见。侦探调查费用一般是按照调查时间的长短收费，如果时间拖得很长，调查费用有可能会达到数百万日元。

"这样可以吗？这是我作为代理所长的权限。"

她之前明明说代理所长只是一个头衔而已，现在却自信满满、如此随意地决定费用，真的合适吗？

也许是我的表情透露出了担心，她看着我笑道："没关系的。"

"但是，这个费用我们是匀不出其他人员来帮忙的，所以需要人手的时候你也要来协助我，可能会需要埋伏之类。虽然我想应该不会有什么危险，但如果有什么事，有你在我也会放心些。你应该在练武术吧？"

"你怎么会知道？"

我的确从小学开始就经由父亲推荐在合气道道馆修行，但我肯定没有和北见学姐说过这件事。

北见学姐把食指抵在唇上，回答道："商业机密。"

我吃了一惊。这句话我以前也听过。

北见学姐看着我，笑着补充道："可以从你的肌肉结构、手的样子、走路方式、姿势等地方推测出来。"

学姐竟然可以从我的身体上推测出这么多信息，这让我十分震惊。紧接着，她的脸上浮现出无奈的笑容。

"为慎重起见，我要提前把话说清楚，我只是一个侦探，工作是收集信息，向委托人报告。虽然也有可能出于人情做一些额外的工作，但并不能像推理小说里的名侦探一样，每一次都能圆满地解决事情。"

从我第一次咨询开始，北见学姐就像名侦探一样一直猜中我的事情，现在却说出这样的话。她是在给我打预防针，提醒我期望不要过高。

"我当然会尽全力去做，但是如果没有达到你的预期，定金和实际开销也是不会返还的，请你做好这样的心理准备，可以接受吗？"

这点我本来就知晓。即使没有结果，我也没打算要求退钱。

我只是完全没想到定金只要五万日元。之前我就想到今天可能需要支付定金，特意把自己的兼职收入全部取了出来，现在却连一半都不需要。

"我明白，拜托你了。"我低下头行礼。

我想起来了，那时也是如此。我第一次见到了"侦探"，看到她娴熟的技能，心想：她一定能行。所以，我提出希望她拿到霸凌的证据。

当时，我想她一定能帮忙解决问题、实现正义。最后却是那种结局。现在我又要做同样的事情了吗？别人知道的话也许会笑我无可救药，但我确实想要重新努力一次。

我不想就此结束。我想用同样的选择，换来不同的结果。

一定可以的，这次一定可以。

我拿出钱包。

北见学姐笑着说："稍等，给你开发票。"

2

木濑芳树站得笔直，以标准姿势行礼后离开了。我送他出事务所后回到了办公区。吉井就像是在等着我一般，走过来问道："你接受了他的委托？"

"嗯，他说他来付调查费用。"

"真的假的？那么年轻就这么有钱。既不是家人又不是恋人，还自掏腰包委托调查，真大方啊。"

其他调查员也知道木濑为了朋友收到恐吓信一事前来咨询。但是真壁本人始终没有联系事务所，所以我想他最终还是放弃委托了。没想到，木濑竟然会为了别人自己花钱委托调查。

正在写出轨调查报告的澄野把目光从电脑屏幕转向我。

"他称呼你'学姐'，是大小姐你的熟人吗？"

"是我初中时的学弟，也没有那么熟悉吧。"

"长得还挺帅，就是感觉有些死脑筋。大小姐，你喜欢这个类型吗？感觉是个小少爷，可以钓个金龟婿了哦。"

"我喜欢年长的人。"

"嘿，那你看我怎么样？"

"我并不觉得吉井你比我年长哦。"

"唉！"

越过正在开玩笑的吉井，澄野伸手拿起我从谈话室带出来的合同和客户信息单。

我注视着写着木濑住址和姓名的信息单，弯起食指摩挲着下颔。

"虽说他是为朋友着想，但是也说明他非常相信大小姐。"

如果不是这样的话,他是不会自掏腰包委托你的。"

"是吗?他竟然那么真心钦佩我,我都有些罪恶感了。"

"啊,你又玩福尔摩斯游戏了吗?"

"一点点吧。猜到了他父亲的工作,还猜到他练习武术。就算是外行人,在网上搜索武术大会的出场记录不超过十秒钟也能查到。"

"他是个正直淳朴的人,所以才丝毫没有怀疑别人。"

木濑第一次来事务所时,我就知道了他的名字和联系方式。他第一次提交的学生证上写着他现在就读的学校和专业。只要掌握了基本信息,搜寻其他信息易如反掌。他家人的信息也是,只需一天就能查到。更何况他父亲的职业特殊,他又在邻居和校内都十分有名,所以马上就能收集到我要的信息。

他的父亲是检察长,母亲之前是法院的书记官,祖父是最高法院的法官,他们家在司法界内颇有声望,是当之无愧的名门望族。

他自己也希望和家人一样从事法律职业。

不过,那么容易就被我的小圈套给骗了,可见,他应该还没习惯社会上的城府和手段,这倒让我有些担心。

他穿着打扮很时尚,言谈举止看上去就像一个家境优渥、天真烂漫、涉世未深的少爷。

我虽然是一个有能力的侦探,但想要在短时间内使对方知道这一点还是有些困难,所以我有时会使用些比较有冲击力的方法表演一番。比如，我会在短时间内收集对方相关的信息，先行准备好，这是侦探必须具备的调查能力。

我个人认为，作为现实中的侦探，相比于推理能力，调查能力更为重要，但是委托人大都喜欢小说中那种抽丝剥茧的推理过程，也对使用这类方法的侦探更加放心。

"没准备信封，真不好意思。"他礼貌地向我道歉，递上了5万日元。我一边回想着，一边将钱装进信封，放进了保险柜。

他这种委托人很少见，看上去不谙世事、天真烂漫，不是自己遇到了麻烦，却表情沉痛。在他看来，朋友遭受的不幸就像是发生在自己身上一样，愤愤不平。这样的人，让人忍不住想要帮助他。

他戴着镜框纤细的眼镜，两只眼睛细长清秀，乍一看外表冷漠，内心却这么热血，令人出乎意料。不过，我能感觉到他在有意识地努力冷静下来。他脑子转得也不慢，只是过于耿直和敏感，令人有些担心。就这样慢慢成长的话，以后也许会成为一个很好的检察官。

"定金只收5万日元，会不会太少了？"澄野确认了合同后，问道。

对于折扣我有自己的考量，所以澄野并没有用责备的语气质问我，倒像是在询问我是不是太过于疼爱学弟了，而且他的话语里似乎带着些笑意。吉井也加入话题，插嘴说道："这是给眼镜男生的折扣吗？"

"这是先行投资，我只是看好他的未来前景。"我从澄野手中接过合同，一边将其装订成新文件，一边回答。

偶尔也会有人委托我调查恐吓或跟踪者的身份，并得到相关的证据。但是，这是我第一次接受被恐吓者本人以及亲属之外的人的委托。

我首先必须和遭到恐吓的受害者本人真壁研一见一面，才能开始调查。

根据木濑所说的内容来判断，真壁自己也感受到了危机，并且认为委托侦探是有必要的，因此他应该并不抵触调查，我也能够得到他的协助。但是他一开始很积极，给他介绍侦探后又突然退缩，我十分好奇这背后的理由。木濑认为他迟迟无法踏出第一步，也许只是在考虑委托侦探的性价比。但是，我感觉背后另有隐情。

木濑所看到的恐吓信的用语也让我有些在意——要是你有良心，就不要结婚——木濑曾经说过信上是这么写的。到底能不能算是恐吓不好说，但这个说法颇有深意。

不像是单纯的恐吓，更像是在给真壁研一定罪。

对于委托侦探，尤其是委托朋友木濑介绍的侦探犹豫不决，也许是因为他有什么秘密不想被侦探查明。最坏的情况就是目前我们暂时无法得到真壁本人的协助。

"所谓的'未来前景'，是等几年他会长成一个不错的男人那种吗？"

"笨蛋，我说的是工作。他说不定会像时雨律师那样，成为我们的大客户。"

我从木濑那里得知了真壁的住所和工作地点,在手机地图 APP 里输入这两个地址,点击搜索。

"木濑是检察长的儿子、法官的孙子。他大概率也会成为检察官,先卖一个人情给他,也不会有什么损失。"

***

由真壁担任店长的室内装饰店就在距离车站步行几分钟的商业街上,旁边是精品店和帽子店。

玻璃橱窗右边的入口两旁摆着观叶植物,镶嵌着深棕色木框的玻璃门敞开着,店内一览无遗。这是一家明亮的而且让人感觉很舒服的店铺。

店名直接用白字写在橱窗上——Stray Dog(流浪狗)。

进入店铺后,我一边悠闲地逛着,一边观察店内。

这家店比我想象的大。除了大型家具外,店内还陈列着餐具、观赏性植物、蜡烛、手表之类的杂货;床罩、靠垫套、窗帘等物品则有专门的柜台来陈列;柜台附近有一个收银台,但现在那里空无一人。

我走到一排按大小排列整齐的花纹素烧花盆旁,在陈列着仙人掌和气生植物的架子前停下了脚步。

我随手拿起一个仙人掌盆栽,装作细细观赏的样子,寻找真壁的身影。

看上去只有两个店员：一个女孩子在店里走来走去，调整着餐具的陈列位置；一个高个子男人站在窗帘柜台前一边给两个客人看商品目录，一边打手势，像是在说明什么。两人都穿着同样的T恤和蓝色牛仔裤，腰间别着黑色的腰包。

拿着商品目录的男人就是真壁研一。

我把仙人掌放回架子上，又靠近了一点。用手摸了摸沙发的布料，假装在确认沙发的质感，伺机观察。

真壁长得眉清目秀，出众的外貌引人注目。穿着虽然简单，却完全不让人觉得单调。木濑曾说过学生时代的真壁很善于交际，身边总是围着很多人，尤其是异性，这一点也可以理解。

我听了会儿他和客人的对话，觉得他在待人接物方面做得很好，看样子不是那种会主动惹麻烦的人。

这么看来，这个男人受到了恐吓，最有可能的是受人嫉妒，或者是与异性之间产生了纠纷。例如，寄信人有可能是曾经和他有过关系的女人。像过去被他抛弃的女人，对他还恋恋不舍，恐吓他不要结婚。

不，现在假设还为时过早。我打消了脑中浮现出的想法。

基于零星的信息做判断是很危险的，思路会受到限制。

木濑完全把真壁当作受害者，所以会有先入为主的印象，但真壁也不一定就是木濑口中的好人，即便确实是好人，也可能在不知情的情况下被人记恨。

现阶段有无数可能。

年轻的女店员从我面前走过，她留着一头男孩子一样的短发。

我起身离开沙发，假装不经意地站在正在整理观赏植物的女店员身旁。

这个架子上全是玻璃容器和装饰框，里面摆放着气生植物，我拿起一个圆瓶，问道："这是真的植物吧，这样装饰不会枯萎吗？"

店员客气地回答我："是的，这边的植物是从空气中汲取水分，不需要土壤，也不需要浇水，可以装饰成各种造型。像这样和装饰框或者木头组合在一起，很像艺术品吧。"

她的年龄看上去跟我差不多，或者比我大一点。可能是兼职，但她对客人的方式没有过分热情，也不生硬，令人很有好感。

"这家店不仅出售家具，还出售植物，感觉还挺有趣的。像桌子、沙发这样的大家具不会轻易地更换，仅仅是看看这些小物品也会感到开心。"

"听您这样说，真令人开心。这里还有餐具、蜡烛等小物品，请务必看一看。"

稍稍交流过后，我乘机环顾店内。

"那个人是店长吗？这么年轻就掌管这么大一家店，真厉害。人也长得很帅气，商品和陈设都很有品味呢，真优秀。"我的目光停留在收银台前的真壁身上，装作偶然看到他似的说。

女店员丝毫没有起疑心，笑着道谢后说道："虽然真壁店长不是老板，但物品采买和陈设基本都是他一人在做，听到您的夸奖，他一定会很开心的。"

真壁似乎是聘请来的店长。他成为木濑的家庭老师时是在医学部上学，后来发生了什么事才会选择在室内装饰店做店长？我虽然在意其中的缘由，但是从店员这里应该套不出相关信息。能打听到关于真壁的人际关系与他的为人就足够了。

于是，我重新环顾四周。

"真好啊，店长这么帅，我也想在这样的店里工作。店里只有店长和姐姐你吗？"

"还有另外一个人和我轮班。现在不在。"

"这样啊，这么说就是不招员工啦，真可惜。"

我表现出了失望，女店员看到后"扑哧"笑出了声，附和我："如果以后店里很忙的话，也可能会再招人，在这里工作很开心哦！"不过应该只是客套话。

店里的氛围看起来不错。只凭与店员聊天的印象，看起来真壁很受店员的喜欢。

"今天我还有点事，没时间慢慢看了，下次再来。这个店开到几点？有休息日吗？"

"晚上六点打烊，每周三休息。"

"店员和店长都是六点下班吗？"

听到我连珠炮似的提问，店员窃笑道："店长基本是七点回去，但是他已经有未婚妻了，所以你没机会了哦。两个人刚开始同居。"

"啊，被你看出来了吗？哈哈，那可真是太遗憾了。"

听说真壁收到恐吓信就是从和佳奈美订婚开始的。从信中所写的"不要结婚"来看，作案人一定知道他们是以结婚为目的交往的。

店里的人知道二人在交往。得到这个信息，也算是有所收获了。

给店员留下太深的印象并不好，我该离开了。于是，我和热情的店员打了声招呼，离开了店铺。

下一站是去真壁家。

离开 Stray Dog 后，我根据从芳树那儿打听来的住址，径直向真壁的住所走去。

今天风很大。明明都四月下旬了，但是只穿一件薄外套还是会觉得很冷，我尽量走在阳光照得到的地方。

真壁和佳奈美的房子位于小区的边缘。这是一栋独门独院的两层楼，周围环绕着一圈低矮的围墙，围墙有一处开口部分，以前这里可能是一扇门，现在就这样敞开着。一条大约两米长的鹅卵石小道一直通向房子，整体设计很复古。

房子的前方有足够的空间能停下一辆小型汽车，但是我并没有看到车，倒是在靠着围墙的地方看到了一辆带着车筐的自行车。

虽然房子离电车车站和公交车站很远，交通并不是很便利，但是对于二十多岁的年轻小两口而言，还是很不错的。虽然有一些年头，但是非常整洁，并不会给人寒酸的印象。

我想到在店里见到的真壁，打扮得体、气质时尚，一想到他和未婚妻两人住在这里，一时间竟有些替他们感到欣慰。

从正面可以看到房子的两扇窗户，中间是玄关的门；窗帘紧紧拉着，里面感觉不到有人。

我走进院子，在围墙和房子之间绕了一圈。房子的右侧和后侧各有一扇窗户。感受不到里面有光线和声音，两人应该都还没有回来。

我再次回到房子的正面，仔细观察。门的右侧是门铃，左边挂着一块木制的姓氏门牌，上面写着"真壁·井上"的字样。门牌很简单，看起来是手工制作，字是印上去的。大概是他们结婚登记前的一个临时门牌。

信箱安装在门铃下方的墙上，是箱形外观，上面有盖子，但是并没有上锁。

我打开信箱的盖子，看到了一个白色的信封混杂在各种广告中。我拿出来确认是不是恐吓信。信封上贴着印有真壁的名字和住所的标签贴纸，但没有写寄信人的名字。信封很轻。我打开手机的手电筒，照了一下信封，看不到里面的内容，用手机拍下了信封的照片后又放回了信箱。

我很想今天就能与真壁谈谈，但是他应该七点后才能到家。离现在还有很长一段时间。

我决定暂时离开真壁家，先完成其他工作，再赶在真壁回家的时候过来。

正好澄野埋伏在这附近的车站旁调查另外一个出轨案件，距这里大约两站路的距离。我赶到澄野那里，替换他埋伏了一小时，让他能够好好休息一下。澄野休息结束回来的时候，案件的调查目标正和一个女人一起从情人旅馆走出来，我赶忙在车里抓拍那个瞬间。我让澄野留在车里，自己下了车，跟在那个女人的身后。我本来打算如果她打车走的话，澄野就可以开车跟踪，但是她上了地铁。我只得跟着一起上了地铁，站在她旁边的车厢继续跟踪。如果刚刚只有澄野一个人在的话，今天就没法继续跟踪了，还好我过来支援。

女人没有发现我在跟踪她。跟踪毫无防备的人很简单，可以一路顺利地查到住址。

本来以为今天的出轨案件能够拍到照片就是重大进展，没想到还可以在同一天内查到出轨对象的住址。我急忙与澄野取得联系，让他赶紧过来接着取证。对于这段时间的收获，我感到很满意。

时间差不多了，我急忙赶赴真壁家。

我本来以为根据案件调查情况，有可能要改天再去真壁家，但是我跟踪的那个女人从情人旅馆出来后没有绕路而是立刻回家了。所以七点刚过，我就到了真壁家。

到达真壁家门前时，天色已经暗了下来，房间的窗户还没有亮灯。

我看了一下信箱，信还原封不动地躺在那里。

我走出真壁家，为了不引起邻居的怀疑，我假装在打电话，在能看到真壁家的位置来回走了一会儿。我也不知道真壁和佳奈美谁会先回家，所以不能埋伏在他们家门口。

过了十分钟左右，我看见真壁从车站的方向走了过来。佳奈美好像没有和他在一起，路上也没有其他行人。我等在真壁家门前，等待他走近。

"晚上好。"

"晚上好，你是？"

不知道他是因为有陌生人在自家门前突然和他打招呼吓了一跳，还是今天他在店里见过我所以觉得惊讶，不管是因为什么了，我本来就不打算隐瞒。

"我叫北见理花，是个侦探。"

听到我自报家门后，真壁的脸色变了。

"请问，方便问你几个问题吗？"

"不好意思，佳奈美……我女朋友马上就要来了。"

"马上就要来了"，这种说法似乎意味着两个人还没有同居。

我指了指门牌，问道："你们不是住在一起吗？"

"是有这样的打算。"他似乎不是很愿意讲自己的私事。

"那我们改天谈也没关系，只是想过来跟你打个招呼。今天我就先回去了。"

真壁没有回应我，他直直地向前走去，站在门前，拿出钥匙。

看得出他内心很矛盾：因为我是木濑作为中间人介绍的，他也不能做得太过无礼。他不能请我进屋做客，但是直接无视我回家，任我待在家门口也不好。他似乎在犹豫到底该怎么办。

真壁手里拿着钥匙，久久都无法决定下一步动作，只得先伸出手打开了信箱。

当看到邮件最上面是一个白色的信封时，真壁的动作一下子僵住了，他似乎对这个信封有印象。

"是寄来了什么东西吗？"

"……没有。"

真壁没看信的内容，直接捏烂了信封。

感觉他不会坦诚地回答我，我便换了一个问题："佳奈美下班后，每天都是差不多这个时间点回到这里吗？"

"……什么？"

"如果她比你到家更早，那她查看信箱的风险就会上升。"

这应该是他最担心的事情。真壁稍微犹豫了一会儿，回答道："因为我的工作地点离家更近，所以回来得更早。另外，信件送过来的时间大致是固定的，休息日我也会尽可能不让佳奈美看到。"

"信件一般几点送到？"

"大概三点到四点。有时也会迟一些，六点左右。"

"关于恐吓信的寄信人，你有什么头绪吗？你之前得罪过谁吗？"

对于这个提问，真壁略带一丝急躁地否定了："今天能请你先回去吗？我现在还没有决定是否要委托，我想再考虑一下。你今天这样不请自来让我很困扰，如果有需要的话，我会主动联系你。"

一口气说完后，他又补充道："之前我确实说过要委托，现在这样着实很不好意思。"

此时，他略显慌乱，与在店里自信从容的样子全然不同。

若是在真壁家门前聊太久，或许会被周围邻居怀疑。此外，也有可能碰上佳奈美回家。但是，仅仅是因为这样吗？也许他不想和我沟通还有其他理由，只是我并不知晓。

"预约了咨询的客户会改主意并不稀奇，我不会介意。更何况我们还没有直接讨论过案件。"

"那就这样吧。"

"但是，因为我已经接受他人委托开始调查，所以您是否委托已经不重要了。话虽如此，在调查时我还是会竭尽所能不让佳奈美和附近的邻居知道恐吓信的事，这也是委托人的诉求。"

"他人委托？"

真壁惊讶地紧皱眉头，问道："委托你调查的人，是谁？"

"我不能说。"

真壁马上就猜到委托人是谁了。

木濑没有告诉他。我也不能告诉他。我想，木濑也没想隐瞒真壁，毕竟他从来没跟我说过要瞒着真壁进行调查。我觉得木濑只是代替无法下定决心的真壁在合同上签字，并提出由他负担费用而已。

木濑应该从来没有想过真壁本人可能不希望侦探调查，更没想过，在调查过程中会得不到真壁的协助。我没有木濑那样乐观，但是如果得不到真壁本人的协助，调查难度会显著提高，所以我还是想设法争取他的协助。我也想过要是真壁拒绝的话，该怎么劝说他才好，不过他还没到油盐不进的地步。

看现在的状况，还是有机会再争取一下。

"调查还是早点开始为好，既然是委托调查，最好交由委托能力强的侦探，您肯定也在意性价比的问题。但这次的委托人是别人，您不用支付任何费用，所以能否请您协助我调查？这样我们能更快查到结果。"

我的言外之意是，这样一来，佳奈美知晓恐吓信的概率也会降低。

真壁沉默不语，目光躲闪，看起来很是纠结。他应该也在担心自己不可能一直对佳奈美隐瞒，如果一直收到恐吓信，总有一天会被佳奈美发现。

"您再考虑一下，下次我会提前联系您，找个佳奈美不在的时候来。"

虽然我知道再争取一下也许就能说服他，但我故意没有继续说下去。他也需要时间考虑。如果他冷静下来思考，就应该知道协助侦探才是正确的选择。与其由我催促他，不如让他仔细考虑，在充分理解的基础上决定是否和我合作，这样他才会更加积极地协助我调查。

在离开之前，我回头看了一眼真壁手中的信封。其实，我很想马上看看信封里的内容，但是如果我采取一些过于强硬的手段，真壁可能会退缩。

我假装从容地说道："这是重要的证据，您最好不要扔掉。"

真壁没有做出任何回应。

***

我回到事务所，坐在工位上，输出手机拍摄的照片后，仔细地看了一下。

白色的信封没有任何特点，也没有任何装饰，哪里都能买到，印有真壁住所和名字的标签贴纸也是一样，并不能从中获得恐吓者的线索。

没有任何手写的内容，所以也不知道寄信人的笔迹。

唯一的收获是从邮戳可以推测出寄信的邮局。寄信人的家庭住址或者工作单位很有可能就在邮局附近。

N町N市S县。

我不太熟悉这座城市。但是，真壁应该有头绪。

不能直接问真壁，我只好拿出手机，拨通了木濑的电话。

"你好。"

"真壁给你当家庭教师的时候，你们是住在 S 县吗？"我开门见山地问道。

"怎么了，为什么突然问这个问题？我当时是住在 N 市 S 县。"木濑立刻回答道。

如我所料。

"是在 N 町吗？"

"是在 S 町，和 N 町相邻。"

"真壁住在 N 町吗？"

"不，真壁哥也住在 S 町。"

邻县的话也算是生活圈。寄信的地点和真壁以前住的地方非常近，应该可以认为寄信人是和真壁住在 S 县时有过接触的人。

"你知道真壁是在哪里上的大学吗？S 县？"

"是的，S 县的 T 大学。"

"木濑君，你是什么时候从 S 町搬走的？"

"初三之前都是真壁哥帮我辅导学习的……我记得是暑假的时候搬家的，那时候我大概十五岁。"

木濑现在是十九岁，所以是四年前的夏天。至少在那之前，真壁一直待在 S 町。

"当时，真壁是大学几年级的学生？"

"应该是大学三年级，他比我大六岁。"

"你们是什么时候失去联系的？"

"搬走后一两个月吧。我开始忙于考试……我应该给他寄

68

过贺卡，但他没有回信。不好意思，我也不知道什么时候就失去联系了，记不太清楚具体的时间。"

在那几个月里，大概是出了什么事，所以真壁离开了 S 町。当时他应该还在医学部读书，应该是有什么原因导致他中途退学，还搬了家。

真壁没有把搬家的事告诉木濑，我不认为只是单纯忘了。是当时有什么难以处理的状况，还是有什么说不出口的理由？

回答完我所有的问题后，木濑问我："你调查到了什么吗？"

"恐吓信应该是从 N 町 N 市 S 县寄来的，对方可能是真壁住在 S 町时的熟人。你听说过他和谁发生过纠纷之类的事吗？"

"不，完全没有……他待人接物很友好，朋友很多，一直是人群中的亮点，大家都喜欢他。从来没有听说过他和谁发生过争执。不过我当时还只是一个初中生，也可能只是我没听说过而已。"

我也没期待木濑能提供什么信息。如果有头绪的话，他早就说了。在他离开 S 町之后，一定发生过什么事情。

"找到恐吓信的寄信人了吗？"

"只知道邮戳，现在还无法缩小范围。我同真壁打了个招呼，希望他能配合调查，但目前还没能同他详谈。"

"他有没有因为我擅自委托的事情生气？"

"感觉没有。他有表现出惊讶，虽然我没有说你的名字，但他好像意识到是你委托的。"

我没有说真壁不欢迎我上门的事。

"我想还是得好好和真壁聊一聊，最好再等两三天的时间。在这之前我也有事情要调查，回头我们再联系。"

我发现时间已经挺晚了，就结束了话题，挂了电话。

放下手机后，我坐着伸了个懒腰，开始思考。对于侦探委托，有不少人会在费用问题上犯难，或者内心抵触。即便已经做出要委托侦探的决定，最后不委托的事情也不少见。但是真壁委托木濑介绍侦探，之后又放弃委托，并不是因为那些常见的理由。他担心侦探进出家里、调查方式惹人注目引起周围邻居和佳奈美怀疑并不是谎言，但应该不只是因为这些。

难道他有什么不可告人的秘密不能让侦探调查到吗？

但是，这样持续不断地受到恐吓，他也一定十分困扰。若是放任不管，很有可能被佳奈美察觉，所以他才会难以抉择吧。我早就想过这个可能性，在与他会面后，我心中的怀疑更强烈了。

正常人若是被恐吓，理应会有些头绪，像是出于误会，或是出于人际关系中的小矛盾，或是纯粹找碴儿……真壁表示没有任何头绪的样子反而让我有所怀疑。恐怕他心里是有头绪的。

直接询问真壁本人确实是最快的方法，但是现阶段，我并不认为能和他深入讨论这个话题，只能尽可能从他那儿获取信息。当然也可以让木濑去问真壁的父母，但这是下下策。

"辛苦了，代理所长。"

吉井给我递来一杯咖啡。我道谢后接了过来。

他自己也拿着一杯咖啡，坐在我斜对面的工位上，又转动椅子面向我问："怎么了？是因为那个恐吓信受害者吗？"

"嗯，总感觉他在隐瞒什么。虽然他表示对恐吓信的原因毫无头绪，但是我总感觉他做过什么不想被人知道的事。此外，我也很好奇他为什么会在大学中途退学。"

我抿了一口咖啡——又是美式。明明用的是同一台咖啡机，不知道为什么他每次搞出来的都是美式。

"真壁的家境殷实，而且他还上了一所那么好的大学，会不会是发生了什么变故？难道是家里破产了吗？"

"真壁的父亲是个医生，应该不可能破产……倘若破产是恐吓信的原因，那对方应该是债权人？但是，真壁当时还只是个大学生。"

就算债权人想找麻烦，一般也只会针对父母。况且我并未听说真壁的父母破产了。

"应该没有破产，慎重起见，还是请你调查一下官方通告。"

"明白，稍后请告诉我真壁父母的全名。即使真壁过去有不想让人知道的事，当务之急是解决恐吓信，为何要拒绝侦探的协助？"

"可能因为我是木濑介绍的侦探，倘若我知道了他难以启齿的秘密，那木濑也会知道。真壁一定是想到了这一点，所以才担心。"

"啊，原来如此。木濑看起来挺严肃的，而且浑身充满了正义感。真壁可能是担心自己会被他看轻。"

"根据木濑的说法，真壁在学生时代很受欢迎，恐吓的原因大概是男女关系。也许他在大学里发生了让女生怀孕之类的事。"

真壁上的T大是私立学校，学费很高，退学太可惜了。如果真壁是被迫退学，那一定是发生了什么大事。也有可能真壁家很富裕，不像我这么看重学费。

"那个木濑，你觉得他怎么样？有希望把他拿下吗？"

"我说过不喜欢年纪比我小的男人。"

"但他可是检察长的儿子哟。如果和他结婚，可就钓到了金龟婿，那你的学费问题不是一下子就解决了吗？木濑应该会支持妻子继续上学或工作。"

我没想到会转到这样无聊的话题。"吧嗒"一声，放下了手中的咖啡杯。

吉井立马意识到自己说漏了嘴，露出一副懊恼的表情。

"是我叔父说了些什么吗？"

我盯着吉井，他不敢与我对视，叹了一口气，说道："……他说可以给你一些经济援助，还可以做你的奖学金保证人[4]。"

"多谢他的好意,但这是多管闲事。"我结束了这个话题。

吉井耸了耸肩,极力掩饰自己的尴尬。

虽然吉井性格有些粗枝大叶,但我知道他并无恶意。我从小和母亲相依为命,初中和高中阶段一直在打零工,高中毕业后就直接开始工作。因此,叔父、吉井和澄野都非常在意我的感受。

关于学费,我不愿依靠他人,所以不想谈论这个话题。我意识到刚才说话的语气有些强硬,因此,缓和了一下脸上的表情。

"吉井君,你不是也没上过大学吗?"

"我和大小姐你不一样。你头脑聪明,考上了国立大学。"

"头脑是否聪明和是否喜欢学习不是一回事吧。"

对我来说,我是真心因为学到了知识而感到开心,所以我非常喜欢学习。吉井和澄野他们虽然没有上过大学,但也是非常优秀的调查员。即使没上大学,我也没觉得有什么。

"我想去上大学的话,会自己想办法的,现在也在存钱。我喜欢目前这份工作,也不一定非要现在去上大学。"

"时雨律师说过,大小姐你一定能成为一名优秀的律师,他还想邀请你去他们律师事务所工作呢。"

---

[4] 日本的大学奖学金一般分为两种:发放型的"给付奖学金"和借贷型的"贷与奖学金"。贷与奖学金是日本大学的主要奖学金模式,需要学生在毕业后偿还,因此需要保证人。

"那太荣幸了。"

在学习《侦探业法》的时候，我很感兴趣，顺道还读了其他几本法律书。那时碰巧有机会和时雨律师交谈，就向他请教了一些关于律师工作的事情。虽然很开心能够得到时雨律师的肯定，但我是一名侦探，并不想成为律师，也觉得自己并不适合。

"我做不到为了正义而工作，那不适合我。"

"你还在介意那件事情吗？初中时的那件事，都已经过去那么久了。"

"请不要随意打探他人的隐私，我只是不喜欢被规则限制而已。"我一口气喝光了剩下的咖啡。为了表示这个话题到此结束，我重重地放下了杯子。

我在便笺本上写下了木濑告知的真壁的入学年份和大学名字，把签合同时问到的真壁父母的名字也写了下来。

我把便笺递给吉井。吉井移动座椅靠了过来，伸手接了过去。

"另外，你能帮我弄到真壁大学的毕业相册和当年毕业生名单吗？我打算先从他的同学入手。了解受害者是找到恐吓者的重要一步。查官方通告的时候，只需告诉我你觉得可疑的地方就行。"

"了解。"

对方可能会隐藏自己的痕迹，但真壁在这一点上毫无防备，过去他发生过什么事，查一下应该马上就能知道。只要我能说出当年发生的事情，想必真壁就会死心，把隐瞒的事情和盘托出。

3

根据北见学姐的说法，恐吓信是从我和真壁过去居住地的邻市寄出的。也就是说，对方很有可能是他在 S 县居住时的熟人。

得知北见学姐要到 S 町实地采访了解当时情况的人，我立刻表示也想同行。她似乎本来也想邀请我去，因此很爽快地答应了。

北见学姐不熟悉 S 市，我在的话可以给她做向导。

我上午有课，下课后直接就去了北见侦探事务所。

今天气温比较高，日光很柔和。四月要结束了，终于有了春天的感觉。虽然现在晚上还需要穿一件外套，不过到下周大概只穿长袖衬衫就能出门了。

天气这么好，我步行了一站路，在约好的时间内到达了事务所。

开门的不是北见学姐，是吉井。

他饶有兴趣地看着我左手提着的包袱，说道："真不错啊，像个武士。"

我考虑到可能要去真壁的父母家,所以买好了一盒点心,装在包袱里。

"拿包袱的男生很受欢迎,接下来就是包袱男的时代了。"

吉井似乎在夸我,至少他自己是这么认为的。我向他道了谢。虽然不清楚缘由,但我感觉他看向我的眼神里好像抱有某种期待似的,可能是我的误会吧。

这次我没见到那个长得凶巴巴的男人,应该是外出调查了。

吉井领我来到了之前的谈话室。北见学姐正在打电话,她面前的桌上放着一本摊开的笔记本和一份名单。学姐看到我后,做了个手势示意我进来。为了不打扰她打电话,我默默走进房间。

我轻轻拉动椅子时,听她对着电话说道:"啊,您好。是濑川同学吗?我是你在 T 大医学院的同学四谷呀。"

听到她面不红心不跳地谎报名字时,我吃了一惊。

为了一探究竟,我看向她。只见她斜坐在椅子上,轻松悠闲地接着说道:"我现在正在统计同学会的名单呢……哈哈,是的。你之前登记的地址有变化吗?还是住在横滨的……吗?嗯,好的。"

此时的她与平时不同,非常客气且成熟稳重。

我在一旁听着,有些心惊胆战,好在她并没有被对方怀疑,谈话也很顺利。

"我知道了。只有这一个问题,感谢配合。不好意思,对了……"

话题转换非常自然,好像真是她突然想起来似的。她压低声音问道:"你还记得真壁研一同学吗?他应该和你在同一个研讨会……"

我再一次聚焦到北见学姐身上。她正专注于"套话",故意不看我。

"他没来参加同学聚会啊,他那么开朗,一直是核心人物,为什么不来呢?"

我听不见电话那头对方的声音。

"是吗?他做了什么?嗯……?"

北见学姐大吃一惊,看上去不像是演戏,是真的震惊。

我不由得站起身来,但她还是没有往我这边看。

"啊,是这样吗?我完全不知道。怪不得没来参加同学聚会呢。"

北见学姐应该是得到了什么新的信息,对此她没有再追问,而是和对方说了两三句话后就结束了通话。

北见学姐放下电话,终于看向我:"辛苦你跑这一趟了。"

"早上好。你刚刚在和谁打电话?"

"真壁同一届的同学,不过现在他们好像没有联系了。"

她推开桌上的名单,指着名单下面一本做工精美的相册。翻开的那页上贴着一张便笺,在一排并列的人像中,正是刚刚和她通过电话的那个人。

"真壁大学中途退学了,所以毕业相册里没有他的照片,只有研讨会把他拍进去了。"

她找到了照片里的一个学生,想方设法弄到了联系方式。离她拜访真壁家才不到两天就已经查到了这些,动作的确很快,不愧是专业的侦探。我佩服地看向相册。

"她不是嫌疑人吧?"

"刚刚那个人?应该不是。我只是询问了一下真壁大学时的交友关系,想着是不是能够得到一些提示从而找到嫌疑人,所以才打电话过去。"

北见学姐把手机放进包里,取下挂在椅背上的外套,站起身来。

"现在可以出发了吗?"

"可以。"

我跟上北见学姐,问道:"你用手机直接打过去会有问题吗?这样一来,对方的手机里不就留存你的手机号了吗?"

"那是预付卡,只能用到这个月底,所以没关系。而且,这种情况一般也不会打回来。"

北见学姐对吉井说了句"我们走了",他微笑着向我们挥手告别。

不明白吉井为什么对我这么友好。我有些不知所措地向他点头行礼后,从他面前走过。

北见学姐似乎看穿了我的尴尬,到走廊后,向我解释道:"他是个很优秀的调查员,但太粗线条,不够心细,他只是表达友好，你不用管他。"

北见学姐虽然个子小，但走路速度很快，我完全不需要放慢速度配合她的步调。

我们走出事务所的大楼，向车站走去，我寻找着谈话的时机。我有好几件事想问她。

"刚刚你打电话的时候，报了什么姓名？"

"四谷梨绘。也是在相册里看到的，是真壁的一个同学。"

"是完全不认识的人吗？"

"完全不认识。"

北见学姐就这样正大光明地谎报名字给真壁的大学同学打电话，真是胆大又令人惊讶的行为。

"如果这两个人很熟且最近有联系的话，学姐你打算怎么办？"

"要是这样的话，我就随机应变蒙混过去。从电话最开始的寒暄其实就可以知道两人的关系了。事实上，对方的反应也说明对方并不记得四谷梨绘这个人。况且，一开始我就特意选择了一个看起来没什么存在感且不显眼的人。"

我在旁边光是听着就觉得心惊肉跳，北见学姐却一副云淡风轻的样子。

事实上，她顺利地欺骗了对方，并且获取了信息，确实可以称得上是成功了。但我无论如何也做不来这种事情。

"那问出什么信息了吗？"

把交通卡从电车闸机取回后，我终于问出了最想问的问题。

"你是为了查清真壁哥的事情才打电话的吧。"

北见学姐没有立刻回答我。

学姐的犹豫让我有了不好的预感,也许是关于真壁的负面消息。我知道学姐不会无视我的问题,于是静静地等着她的回答。

"……真壁和大学同学现在完全没有联系,我就是想问问他大学时的事情。"学姐默默地走上通往站台的楼梯,眼神躲闪,开口说道。

"我也是随口一说真壁没参加同学聚会,对方就说'你不知道吗?那家伙闹出了案件,退学了'。"

我离开S町的时候,真壁还是医学部的学生,所以在室内装饰店里再次碰到他时,我是惊讶的,同时也很好奇他为什么没有毕业。但是,我没有问过他。

"案件"一词,听起来就令人不安。北见学姐在电话里知道了具体的内容,却不肯告知我细节,这也让我很在意。

"案件是指?"

"木濑君,关于真壁的那些传闻,你什么都没听说过吗?"

"没有。"

"如果是这样,那你可能会很震惊。"

时间正好,我们坐上了刚刚进站的快车。也可能是因为学姐配合电车的到达时间离开了事务所。正好不是上下班高峰期,车上很空。

到 S 町单程不到两个小时。虽然不近，但还是可以当天返回。

"目前还没取证，所以真相到底如何还不清楚。有可能只是无凭无据的传闻，但是有这种传闻本身就是问题。所以，接下来我们会着手调查。无论真相如何，这很可能就是真壁退学和收到恐吓信的原因。"

学姐靠着门口落座，我便隔了一点距离也在她身旁坐了下来。

车厢里几乎没什么人。对面座位的边上，只有一个穿着西装的男人在打盹。

学姐稍微压低了声音："我不会仅凭这一点信息就断定事实，只是现阶段有这样的传闻。"学姐看着前方说道。

"据说真壁在上大学的时候，曾因涉嫌强奸而被逮捕过。"

***

"这么突然邀请您，真的很冒昧。想向您咨询一些问题。非常感谢您能在百忙之中抽出时间。"

北见学姐的声音比起平时高了一个八度，一边说着一边低下头表示歉意。

在 S 町车站附近一家咖啡店的窗边，坐在我们桌子对面的女人欣然回答道："没关系哦。"

她是真壁住在 S 町时的邻居。

我和北见学姐到了真壁之前在 S 町的住址后，发现门牌上的姓名显然已经更换。我原本以为他们家只有真壁搬走了，现在看来他们是举家搬迁。

我原以为此番前来 S 町能够与真壁的父母交谈，但北见学姐似乎从一开始便只是打算找邻居问话。

北见学姐毫不犹豫地按下邻居家的门铃。我有些慌张。幸好，这位邻居是个好说话的人。她相信了北见学姐所谓的"替姐姐调查结婚对象品行"的借口，并表示知无不言。

兴许是我给她的点心也略有效用，当她看到还是学生的我打开包袱取出点心盒时，显得有些讶异。我递给她后，她满面笑意地道了句"您真是太客气了"，便收下了。

其实，我住在 S 町时与她家不过隔了两户人家的距离。由于我基本不与邻居往来，对她的容貌并无印象。她似乎也是如此，见到我时，并没有任何印象，也许是现在的我与她印象中的我大相径庭了。

当学姐提出想请她喝一杯咖啡，同时想请教她一些问题时，她爽快地应下，跟随我们来到了这家咖啡店。

"我们这次来是为了调查真壁的品行。我知道疑神疑鬼不太好，但还是有些在意。虽然我姐姐说他没问题，但我听到了一些关于他的不太好的传闻。"

"你真是个为姐姐着想的好妹妹。确实应该好好调查一下结婚对象，毕竟是人生大事。"

"您说得是。"

继打电话之后，这次北见学姐竟然当面若无其事地扯谎，我一半惊讶一半敬佩地注视着她，喝了一口咖啡。

这次我的身份是北见学姐的男朋友，因为不放心所以陪她一起过来。我对当面说谎有抵触心理，又没有信心能像学姐那样出色地完成表演。所以，探查信息这个任务交给专业的侦探，我尽可能保持沉默。

在电车里听到那个惊人的消息后，我的内心一直很混乱。我很了解真壁，在我看来，那样的传闻根本不可信，这让我感到很生气。学姐的态度是中立的，只是跟我说好像有这样的传闻，我也不能反驳。

想要确定传闻是真是假，就必须先详细地了解传闻的内容，我只能同意北见学姐的做法，先去询问有可能知道传闻的人。

学姐选择事先告诉我传闻，就是想让我有个思想准备。

坐车的时间有些长，我想稍微放松休息会儿。一想到接下来要谈到的话题，又紧张万分。

北见学姐问道："朝井女士，您和真壁家有过来往吧？"

"是的，他家父亲是个医生，母亲是全职主妇，都是很好的人。那家的儿子也很帅气，而且是医学院的学生。结果居然出了'那种事'。"

"哪种事？"北见学姐不安地注视着她。

朝井快速环视了周围，压低身体，紧贴桌面，低声说道："听说他强奸了一个女孩。"

我手中的杯子不断颤抖。如果不是北见学姐事先告诉过我，我很有可能会失态地把咖啡洒出来。

北见学姐提高了声音，用不可思议的语气说道："怎么会这样。真令人不敢相信，他看上去不像是那样的人……"

"嗯，我也是这么想的，但人不可貌相。"

我把目光从朝井身上移开。

我想：这一定是骗人的，一定是哪里搞错了，但我现在什么都不能说。

我感觉北见学姐偷偷瞄了我一眼。

"消息准确吗？"

"我亲眼看到他被逮捕。那天，我听到外面有吵闹声，就打开窗往下看，正好看到他和警察一起从家里走出来。"

朝井一边说着，一边把牛奶和糖浆倒入还没喝的冰咖啡，用吸管搅拌。

"但我听说并没闹上法庭。他家那么有钱，一定是花钱掩盖了犯罪事实。"

我感到浑身的血液一股脑地冲向脸部，脑中一片空白。

北见学姐像是看穿了我的心思，从桌下伸手触碰到我的手腕后紧紧抓住，阻止我冲动行事。

我渐渐冷静下来。

"受害者是真壁的熟人吗？"

"这我就没听说了。"

朝井摇了摇头，轻轻地含着吸管，喝了一大口冰咖啡。

"就算是熟人也会隐瞒，不会告诉大家自己是受害者的。"

根据朝井说的内容，那天真壁请大学的朋友们到自己家玩。然后，警察突然到了真壁家，当着朋友们的面把他逮捕了。这真是最糟糕的时刻。

真壁被逮捕的事瞬间就在大学和邻里间传得沸沸扬扬、尽人皆知。既然没有上法庭，说明真壁没有被起诉。就算是被冤枉的，一旦流言传开，名誉就很难挽回了。

这样一来，真壁退学和举家搬迁的理由就清楚了。我也知道真壁在委托侦探调查的时候为什么会那么犹豫不决了。

这段经历是真壁绝对不想让我和周围人，尤其是未婚妻佳奈美知晓的。

"真壁的父母把房子都处理掉了。因为他父亲工作单位的原因，现在应该是住在市里，之后就再也没见到他们一家人了。"

朝井说，真壁一家没有告诉邻居新的地址就悄悄搬家了。

朝井抬起手叫来店员，又要了一份冰咖啡和可丽饼。

我渐渐平静下来，慢慢地吐气。学姐悄悄地松开了我的手腕。

真壁对当时还是初中生的我非常好。虽然我们年龄不同，但是关系真的很好。然而，他不知从何时就杳无音信。再次见到他时，他的眼神一瞬间充满警惕。现在我明白了原因。不是因为他没有想起我是谁，而是所有住在 S 町时认识的人，对他来说都是警戒的对象。

对他来说，他是逃离般地离开了 S 町，这里没有美好的回忆。他和我说话时那么高兴，一定也是因为他与住在 S 町时的其他熟人都失去了联系，而我对案件一无所知，所以他才放了心。

我还记得真壁给我当家庭教师那会儿，他被大家围绕着时脸上洋溢着的灿烂笑容。之前他和我在一起的时候，我也并未觉得他和那时有什么两样。

和朝井道别后，我们慢慢朝车站走去。我停下脚步，和北见学姐拉开了几步的距离。

"光凭刚才的话，还不能完全断定。"我脱口而出。

学姐停下脚步，回过头。

可能是我太固执，但我还是没办法相信这件事情。

"就算被警察带走是事实，但不知道到底有没有被逮捕，有可能只是协助调查而已；哪怕被逮捕，朝井也没有亲耳听到是什么罪名，更不能确定是强奸；就算是强奸，他没有被提起公诉，因此也有可能只是一场误会而已。"

虽说有可能是其他罪名，但我的脑海中浮现不出其他具体的犯罪行为。盗窃、暴力行为同真壁给人的印象差了十万八千里，强奸可以说是和他最不搭的罪名。他家境富裕，长得帅，且学习上进，还有许多朋友，人生顺风顺水，看起来也没有什么不满。当然，这仅仅是当时作为一个初中生的我所了解到的。

我和真壁确实也有好几年没见了……这么想着，我被自己的想法吓了一跳。

我也知道，这一切可能只是我自己不想相信而已。

虽然我嘴上否认，坚持认为这一定是哪里不对，但是在脑海深处，我偷偷怀疑真壁是不是真的犯罪了。

我感到了一种罪恶感。

"确实。"学姐静静附和着。

她可能已经注意到了我的纠结，但是没有指出来，也没有否定我的话。

"我会好好调查的。"

她没有说出特别宽慰人的话，但听到这句话，我原本内心无法抑制的亢奋情绪突然平静下来。

她的态度略有些超出我的想象。我原以为她会劝我看清事实、接受事实。

学姐向前走去，我也追了上去。由于我的步子迈得更大，很快就追上了她。我们并肩走着，她没有看我，自顾自地走着。

"谢谢……"

"不客气，这是我的工作。好不容易来一趟 S 町，我再稍微打听一下消息。木濑君，你先回去吧，有进展的话，我会联系你的。"

此时的北见学姐真是令人意外地温柔啊，我这样想着，却不敢说出口。

***

几天后,北见学姐联系了我。

她说已经查实了传闻的真伪,现在想和真壁当面谈一谈。于是,下午第一节课下课后,我便前往北见侦探事务所。

今天没有见到那个闹腾的吉井。反而是第一次去事务所时见到的那个凶巴巴的男人在,他给我端来了一杯温茶,好像叫澄野。

关上门后,房间里只剩下我和学姐两人。

"太遗憾了,"学姐对我说道,"上次的事情,并不是虚假的流言。尽管没有被起诉,但真壁确实有因强奸罪被逮捕的前历[5]。"

"这样啊……"

虽说我本来就有心理准备,但内心还是很郁闷。

被起诉但是没有判罪——比如,和受害者达成和解,受害者撤回控告,或者检方认为证据不充分决定不起诉……这些情况下就不会有前历。但是,如果真壁被逮捕并被调查过,就会留有前历。既然留有前历,说明真壁不只是作为相关人员被带到警察局协助调查,而是确实作为强奸案的嫌疑人被逮捕过。

真壁不想把恐吓信的事告诉警察,不想把事情闹大,明

---

[5] 前历是指曾经被警察或检察院等搜查机关指控犯罪,并接受过调查,但是因为某些原因最终没有被起诉的经历。

明内心知道需要委托侦探调查却表现得无比纠结的理由，现在看来已经非常清楚了。

如果委托了资质差的侦探，一旦发现他的秘密，甚至有可能把这件事当作把柄来勒索他，毕竟这个秘密是他人生的重大污点，他当然需要谨慎。

他不想让未婚妻和我知道这个秘密。

"虽然真壁因涉嫌犯罪被逮捕过，但并没有被起诉，所以也有可能是警方抓错人了。具体事实我们还不知道……无论如何，这次真壁收到恐吓信，我认为很有可能和当初那起案件有关联。"

可能是为了照顾我的感受，北见学姐才会说有前历并不等同于犯过罪，她并没有片面地下结论，而是理性地看待二者的关系。

"如果真壁真的犯过强奸罪，那么这次写恐吓信的，最有可疑的便是那起案件的受害者和相关人员。哪怕逮捕本身是个误会，也可能有人坚信真壁就是强奸犯，所以给他寄了恐吓信。知道该调查什么人后一切就好办了。不过，对于这件事，我们必须先听听真壁是怎么说的。"

"嗯，是这样的。"

我坚信一定是哪里出错了。正因如此，我想问一问真壁本人。我并不是为了挖掘真壁的过去，纯粹只是为了解决现在困扰他的恐吓信问题。

我在没有事先告知真壁本人的情况下，调查到了他不想为人所知的过往，这让我有一些罪恶感。只有向本人确认详情，才能解决恐吓信的问题。虽然事情有些难以启齿，但如果一直回避，就永远无法找到写恐吓信的人。

盲目相信真壁是无辜的毫无意义，我下定决心，打算好好面对真壁。突然，我意识到了一件事情。

"等一下，你说他留有前历……是调查了他的犯罪记录吗？"

这些信息是由警察和检察官管理的，哪怕是专业的侦探，也不可能接触到这些信息。

"你是怎么做到的……"

"商业机密。"

"不违法吗？"

"你还是不知道的好，"学姐若无其事地说道，"我也会装作不知道。"

也就是说，北见学姐并不是直接从数据库获取的信息，她应该也是拜托了什么人。北见学姐不清楚那个人用了什么样的手段拿到了信息。正是因为不清楚，所以她才可以不顾出处和手段利用信息。

不择手段这一点，一如从前。

我立志成为法律人，于是对这一点无法释然。但学姐并没有做超出委托范围的事情，这些都是我自己委托她调查的，于是只能就此作罢。

或许是为了确认我不再追究信息来源，学姐稍微停顿了一下，看了一眼我后才再次开口："我还调查了真壁身边的人。"

"真壁哥是恐吓信的受害者，我们是站在这个立场上进行委托调查的。"我忍不住插话。

学姐像是已经预料到我会这样说，并没有露出不快的表情。

"了解受害者是为了查明嫌疑人。"

"如果寄信人是过去案件的受害者，我之后就得去调查强奸案受害者的住所，必须考虑到万一的情况，侦探也是有责任的。你能明白吗？"

我明白学姐想说的。

万一真壁是强奸案件的作案人员，而寄信人是案件的受害者，学姐的调查就很有可能将强奸犯送到以前的受害者身边。

我无法相信真壁会做出这样的事情，一定是哪里出错了。即便我如此坚信，也想要尽快和本人见面，听到他亲口否认。在那之前，我会一直心存怀疑。

如果学姐提出调查就此打住，我没办法反驳。

"如果这次是真壁委托，到目前这个阶段，我们可能会拒绝继续调查。但委托人是木濑君你，所以调查会继续进行。"

学姐抢先一步，打消了我的顾虑。

"如果寄信人是强奸案的受害者，就必须考虑之后该怎么办。根据具体情况，我可能无法将寄信人的姓名和住址告知真壁。"

"这个……我能理解。如果真像你所说的那样。"

听到我的答复后,她点点头:"在你离开之后,我在S町简单对真壁进行了调查,除了强奸案之外,并没有听说真壁因为其他事被人怨恨。或者说,在案件发生前,大家对他的评价相当好,我问过的人都异口同声地说他看起来不像会干那种事情的人。这和木濑君你对他的评价也是一致的。"

"可以说到目前为止,并没有其他事实能构成恐吓信的实施动机。"

看来,之前的强奸案与这次恐吓信的关联性很大。查清过去的案件是找到寄信人的捷径。

"是的。唯一的线索就是四年前的那起案件,为了了解案件的详细信息,接下来我们要好好地询问一下当事人。"

学姐舒缓了一下全身,之后转头看着我,问道:"可以请你打个电话吗?就说我们现在过去找他。今天店铺不营业,他的电话应该能打通。"

"打给真壁哥吗?现在?"

"嗯。为了慎重起见。如果他不接电话,我们就发条短信,然后直接去找他。这么一直等他下定决心,不知要等到什么时候,所以手段必须稍微强硬一些才行。"

这只是"稍微"吗?

"如果他在外面或者和佳奈美在一起的话,怎么办?"

"如果他在外面,那我们就等他回来;如果是和佳奈美在一起,那就麻烦你把他单独叫出来,在外面找个地方聊一聊。"

虽然我心里对这种直接上门找人的强势行为有点抵触,但是正如学姐所说,如果不这么做,任凭真壁一直躲着我们的话,就没法好好交流。如果不同他聊一聊四年前的事情,调查就没法继续下去。等他本人下定决心还不知道要等到什么时候。在这期间,佳奈美随时都有可能发现恐吓信。

我拿出手机,暗暗祈祷真壁能接电话。

突然,学姐开口说道:"如果你也一起去找真壁的话。"

我停下了手上的动作。

"你可能会听到一些无法相信的事情,真的没关系吗?"学姐没有一丝开玩笑的样子,非常认真地问我。

果然,不管学姐嘴上怎么说,她还是认为真壁是真的犯了强奸罪。

学姐不了解他的人品,这样想也是没办法的事。但我现在还是坚信逮捕的事一定是出了什么差错。

北见学姐也知道我的想法。正因为如此,她才担心万一我的期待落空会崩溃。我看上去有那么脆弱吗?

"我当然要一起去。"我有些意外,语调稍微有些强硬。

"那就好。我不是小看你。有的时候,委托会发生意料之外的事情,委托人不相信调查结果的情况并不稀奇。比方说,要好的邻居却是骚扰自己的犯人,深爱的男朋友其实已经结婚了,等等。"

"有时,哪怕证据摆在面前,也还是有人不相信调查结果。"学姐说着，打开谈话室的门，向坐在办公区的澄野打了声招呼。

她走近澄野，说了一两句话。澄野点了点头。学姐是告诉他接下来要出门的事。

我在思考她刚才说的话：委托人不相信调查结果。

想知道事实真相而委托侦探，最后却发现真相难以置信。甚至有人不能接受事实，逃避事实，不愿意相信真相。也就是说，就算学姐辛苦调查后找到了真相，有时也不能让委托人本人感到开心。

学姐说得轻描淡写，她虽然嘴上不说，内心想必是沉重的。

我想问问她会不会觉得辛苦，但最终没有问出口，只是默默地看着她的背影。学姐笑着说这种情况并不少见，所以就算我去问她，她也一定会说这是工作，自己早已习惯。

她突然回头看向我，我急忙拨打真壁的电话。

电话铃响了三四声。

在我以为电话可能会切换到留言模式的时候，"你好。"真壁接听了电话。

我本来正想着要放弃继续打电话，一听到真壁的声音，一下子不知道如何反应才好了。

"我是木濑。那个，现在，我和北见学……北见侦探在一起。"

真壁在电话那头沉默了一下，说道："果然，是芳树你委托调查的。"

"这件事是我自作主张了,很对不起。我有话想跟你讲,现在可以去找你吗?"

他又不说话了,表现出很犹豫的样子。

学姐回到了谈话室,看着我。

我和她视线相对,摇了摇头,暗示她我还没得到真壁的许可。

"就这么放任不管的话,恐吓行为也不会终止。必须尽快找到对方啊……所以,无论如何我都想和你谈一谈。"

"很抱歉。"

"电话给我。"真壁正想拒绝,学姐突然伸出手,从旁边抢走了我的手机。

"我是北见。现在我们去你家。"我还没反应过来,学姐就把手机放到自己的耳边,把决定好的事项通知了他。

"考虑到你可能会和佳奈美在一起,所以事先给你打个电话。"

学姐没有留给真壁任何说话的机会,继续说道:"关于四年前的案件,我还有些细节想问你。我不想仅凭警察和检察机关的记录,或是别人的一些流言蜚语和周围人提供的信息就下结论,所以想直接问你。有些事只能听你说。"

我听不到真壁的回答。但是,他应该已经知道我们查到了他过往的那些事情。

"今后寄信人可能会和毫不知情的佳奈美接触,最好在这之前就行动起来。相比于委托其他侦探,不如让我继续调查效率更高，这样也可以减少知道你秘密的人数。今天佳奈美会去你家吗？或者我们也可以在外面见面。"

学姐冷静地劝说一番之后，过了一会儿，她毫无表情地说了句"我知道了"，就挂断了电话。

通话结束后，学姐把手机还给我。

"他说可以在家里见面。他今天下午还有其他事，我们现在过去吧。"

北见学姐和真壁达成了一致，或者说是学姐半强迫性达成的。虽然我对学姐表现出的强硬态度感到震惊，但从结果来说，得到了真壁的同意，应该算是件好事。

学姐离开谈话室后进入办公区，拿起了椅子上的包挂在肩上，我也拿起包走出了谈话室。

知道四年前的事情后再和真壁会面，我感觉有点尴尬。

如果只是我自己的话，我一定会考虑真壁的感受，不会马上行动。在这种紧急关头，又有学姐在一旁督促和推动调查，我连犹豫的时间都没有。

澄野看到我们又要动身，对我微微点了一下头，嘱咐道："一路小心。"

北见学姐一边迈着急匆匆的步伐，一边回头喊了句"我们走了"，然后快速离开了事务所。

我低头向澄野回礼后，追上了学姐。

4

到达真壁家后,北见学姐直接按了门铃。

真壁前来迎接我们,表情看上去很平静,我松了一口气。可能他想通了,觉得事情既然已经发展到了目前这个地步,只能合作。

这是我第二次走进真壁家。上一次,我把喝醉了的真壁送回家时,发现了当时被他扔掉的恐吓信。

他带我们穿过走廊,来到客厅。

上次来的时候,我全程忙着把他从玄关扶进卧室,照顾他,也没有时间注意房间的内部装饰,现在仔细一看,房间里有很多复古又温馨的家具,但是感觉不太符合真壁的形象,也有可能是未婚妻佳奈美的喜好。

餐桌旁只有两把椅子。真壁把椅子并排放好,请我们坐下,又从别的房间拿来另一把形状不同的椅子,放在我们两人的对面。

"咖啡可以吗?"

真壁并没有马上坐下,他一边询问我们,一边走进厨房。

靠近厨房入口的墙壁上挂着一个茶色的纸包,看起来沉甸甸的,鼓鼓囊囊的表面还贴着快递单据。

"这是大米吗?"我向正在准备咖啡的真壁询问道。

"是啊，是佳奈美的母亲从山形寄来的。暂时没地方放，就放在那里了。"

看来，他和佳奈美的父母相处得也很好。

客厅和厨房之间没有隔断，我们一抬头就能看到真壁在用电热水壶烧水的身影。

真壁冲的是手冲咖啡，他用夹子夹起冲泡好的咖啡粉袋子，一股咖啡的香味飘了过来。

趁着真壁背对着我们，学姐敏锐地环视着室内。她不是漫无目的地东张西望，而是在仔细观察。

我也把视线从真壁身上转移到了室内。

房间入口处摆放着一部崭新的白色电话，时间显示屏上还贴着透明薄膜，没来得及撕掉，应该是刚买的。放电话的架子上贴着一张真壁和佳奈美依偎在一起的照片，和他上次用手机给我看的不是同一张。

"请用。"

真壁把两个杯子和托盘一起放在铺着桌布的餐桌上。他自己的咖啡杯和我们不同。他解释道是因为餐具还没有备齐。

"下个月佳奈美就要住过来了。本来是计划这个月，因为工作关系推迟了。现在正在一点点买齐餐具之类的用具。"

佳奈美虽然经常过来，但现在还住在 K 县。

路上学姐告诉过我，真壁的店员说他现在正和未婚妻同居，但看来还在准备中。一旦开始同居，恐吓信的事就难以隐瞒了。他之前不想和学姐见面，但现在又愿意跟我们谈话，也许正是感受到了事态的紧迫。

真壁也坐了下来。

"对不起，我们突然来找你。"我先向他道了个歉。

"不，该道歉的应该是我。"真壁说着低下了头。

我们半强迫地来到他家，现在听到他能这样平静地说话，我终于可以放下心来。

仔细想来，他之所以犹豫要不要委托调查，只是因为不想让我知道他的前历，而现在再也没有理由不配合了。也许是因为前历有些难以启齿，他还是有些不自然。我也在考虑如何开口。

"芳树，你已经知道了吧，关于我的那件事……"他犹豫半晌后，主动提到了那个话题。

"我知道了你的逮捕经历……罪名也知道了。我们擅自展开调查，真的很抱歉。"

他摇头道："没关系。"

"对不起，是我隐瞒了你，因为我不想让你知道那件事。北见侦探问我对恐吓信是否有头绪时，当时我否认了……其实，这并不是我第一次收到这样的信。"

"你以前也收到过恐吓信吗？"学姐插嘴问道。

真壁点了点头，手指交叉放在桌子上。

"在我搬到这个城市之前就发生过类似的事情。这次的信里也写过一些暗示过去那件事的话语，所以我马上就想到是不是在说那件事……"

真壁之前对自己曾经作为强奸案的相关人员被逮捕这件事说不出口，只能对我和学姐说没有任何头绪。

听到真壁亲自提及"那件事"，我的心情很复杂。虽然内容很私密，但这与恐吓信有直接关系，不得不问。我不相信真壁会做出那样的事。但是，在从他本人口中听到真实情况之前，我确实无法轻易说出"我相信"。

也许是察觉到了我的想法，他抬起头说道："我希望你能相信我。虽然被逮捕是事实，但我什么都没做，那是一场误会。我和受害者协商后达成了和解，最终没有被起诉。只是无论是警察、检察机关，还是当时关系很好的朋友，谁都不相信我，所以我才不敢告诉你。"

他眼神真挚地看向我，像是恳求。

但是他渐渐地低下了头，视线落在桌布上，似乎想起了过去谁也不相信他的情形。

"虽然我一直对和解有抵触，这就好像是承认自己做了一样，但最终还是被家人和辩护律师说服了，当时也是没有办法了。我被释放后，大学的朋友、邻居，甚至是几天前和我一起去喝酒的家伙，大家都像看犯人一样盯着我。你并不知道这件事，只记得以前的我，这让我很高兴。我很害怕如果你知道了这件事，可能会不信任我。我不想被你看不起，所以就没说实话，抱歉。"

说这些话的时候，真壁没有看向我，究竟是因为罪恶感，还是因为害怕我不相信他？尽管如此，话说完之后，他还是抬头看向我，仿佛在表明他要面对这一切的决心。

在我看来，这就是真挚的道歉。哪怕真壁过去真的犯过罪，冲着他这番真挚的道歉，我应该还是会选择帮他找出恐吓的人。现在知道他是无辜的，我就更放心了。

"你提议委托侦探调查寄信人，这是个很好的主意。只是我一想到调查过程中我被逮捕的事情会被查出来，就感到后怕……但恐吓信的事就这么放任不管也让我很不安，我不知道怎么办才好。"

"原来是这样……"

如果我介绍的侦探在调查过程中得知了他的过去，就等于我也知道了那件事。如果对方是不值得信赖的侦探，那真壁的秘密就会泄露，还会成为对方威胁他的理由。一想到有可能被没有职业操守的侦探抓住把柄，他就无法下定决心，这完全可以理解。

"我也知道这样下去不行，但怎么也下不了决心，在犹豫不决的时候，我听北见侦探说芳树你代替我委托她进行调查，我很惊讶。你竟然能为了我做到这种程度……但我没能向芳树你坦白，对不起。"他双手扶着桌子，低头向我道歉。

"没关系，是我应该做的。我什么都不知道就擅自决定委托，真不好意思……可能是我太迟钝了。"

北见学姐坐在那里，面无表情地看着我们。

我知道学姐不像我这样完全相信真壁，但是她没有追问。对她而言，为了找出寄信的人，只对真壁的过去进行适度的调查就足够了，至少现阶段还没有必要知道他是否真的犯了罪。

学姐很冷静。

不管真壁是不是被冤枉的，现在有人恨他，这才是最重要的。

毫无疑问，恨他的人就是这次恐吓案的最大的嫌疑人。即使此人是强奸案的受害者，她现在所做的恐吓行为也不能被原谅。

如果确定寄信人是过去案件的受害者本人，虽然不能把她的住址告诉真壁，但我和北见学姐应该可以去找她，说服她停止恐吓。

"那么，今后您会协助我们调查吗？如果能从您本人这里听到详细的情况，调查就会容易得多。"学姐问道。

真壁端正了坐姿："当然，求之不得。希望能不让佳奈美担心……当然，费用由我来出，是还给芳树就好了吗？"

"请随意，也没必要更改合同，我还是会继续以木濑君作为委托人进行调查，调查结果告知谁也是木濑君的自由，如果他希望的话，我也可以直接向真壁先生报告。"学姐立刻拿出放在包里的笔记本和笔。

我在椅子上摆正姿势，品了一口真壁泡的咖啡，香味浓郁，味道正宗。

也许是想在开始问话之前润润嗓子，北见学姐也喝了一口。她似乎也很喜欢这个味道，又接着喝了第二口，细细品尝完后才把杯子放到一边,然后转向真壁,问道:"恐吓信具体写了些什么内容?"

真壁像是在回忆,想了一会儿后,慎重地回答:"不要结婚,会变得不幸……我知道你是个什么样的人……大概是这样。"

我在真壁的卧室里发现的那封信中也写着"要是你有良心,就不要结婚",似乎都是在暗示他之前的罪行,要求他不要结婚。

从法律的角度来看,是否"以恶害相通告"是恐吓罪成立的必要条件。"会变得不幸"在法律上是否属于"以恶害相通告"不好说。作为收信人,确实感觉被"恐吓"了。为了确认是否满足恐吓罪的条件,我们想了解信的详细内容,但真壁回答说无法准确地想起所有内容。

"前几天我第一次向您打招呼的时候,好像您也收到了一封信。"

"啊,只有那封我收起来了,在那之前的全部信件我都扔掉了……那天北见侦探你跟我说过还是不要扔掉比较好,所以我下意识地收起来了。"

真壁像是想起什么似的,站起身走出客厅。过了一会儿,他拿着一个装有信封的透明文件夹回来了。

北见学姐接过文件夹,从盖有熟悉町名邮戳的信封里,拿出了一张被折成三折的 A4 纸,摊开。

请不要结婚，您一定会后悔的。

在白纸的正中间只印着这么一行字。学姐递给我看，然后问道："这封信和之前收到的信相比，信封、纸张、文体、文字的大小都一样吗？"

"没太在意，但我觉得是同一个寄信人。虽然每次写的内容都不一样，但要求不要结婚的内容是一样的，纸和信封好像也一样。"

"木濑君，你在真壁先生的卧室里看到的信和这个类似吗？"

"……不，好像语气更强硬一些……写着'不要结婚'，没有用敬语，这封的语气好像突然变得很客气……"

真壁说得没错，内容是一样的，但文体给人的感受完全不同。

这能叫恐吓信吗？很难说。

如果不考虑连续收到了好几封信这一事实，单看这封信的内容，很难说收到的人是否会感到害怕。

听了我和学姐的话，真壁也说道："这么说的话，文体确实不太统一。之前的信上写的是'不要结婚''两个人都会不幸'……这次收到的信语气是最客气的……怎么说呢，好像在劝导一样。"

"但是也有些让人不舒服。"

我不明白寄信人为什么要用不同的语气表达同样的内容。对于我的这点感想，真壁也点头同意。

"文体不断变化，也许是对方的情绪不稳定。"

也许这么做并没有什么深刻的含义，但总是令人毛骨悚然。

"阻止结婚的意思倒是一如既往，对方是知道恐吓没用，所以改走说服路线了吗？"

"如果是这样，一般的情况应该恰恰相反吧。"

确实，一般来说恐吓行为是逐渐升级的，一开始是温和的说服，如果对方不听，就会变成恐吓。这次却相反。

北见学姐的右手拿着信，左手撑在下巴上，看着信，眯起眼睛。

"有可能只是寄信人情绪不稳定，也可能是意识到自己寄出的信会触犯法律，才调整了语气。"

"啊，原来如此。"

如果是这样，就说明寄信人能够比较冷静地思考并采取行动。一般跟踪狂大都不会意识到自己所做的事情是犯罪。如果这次的嫌疑人能够自如地改变信中的语气，就表明对方能意识到自己可能在犯罪，也就证明对方可以沟通，那么只要找到对方直接交涉就可以了。

"之前收到的信也都是装在信封里，贴着邮票寄来的吗？"学姐抬起头问道。

真壁像是刚意识到这一点似的，"啊"了一声："不，之前的也装在信封里，但是没有贴邮票，而且没写寄信人和收件人的名字。"

那么，出现变化的并不只是文体。

北见学姐小声嘟囔了一句："还好确认了一下。"

之前一直都是直接投到信箱，现在突然改成了邮寄，这有什么深意吗？

"之前的信全部都是对方直接亲手投到信箱的。"

"这么说来……的确是这样。"

听了北见学姐的话，真壁深刻地意识到了危机，下意识紧紧环抱住自己。

对方直接把信投到信箱，意味着直接找到了真壁家，而且拜访过好几次。只要对方愿意，他可以随时出现在真壁和佳奈美面前。

如果这样下去，就不是寄恐吓信这么简单了，对方有可能会对真壁和佳奈美的人身造成直接伤害。

"收到恐吓信的频率呢？"

"这两个月我一共收到了四封……不对，连带这封一共是五封，具体时间我记不清了。"

"星期几收到有什么规律吗？比方说只在周末收到？"

"没有吧……具体星期几我记不得了，但并不是只在周末才收到。"

北见学姐一个接一个地提出问题，真壁一一回答。她想尽可能把对方的形象具象化。我不敢妨碍他们，只得默默地守在旁边。

学姐在笔记本上快速地做着笔记，不过我基本上看不懂她写了些什么。

"你和井上佳奈美订婚后不久就收到了恐吓信，有多少人知道你订婚了？你们给谁寄过结婚请帖吗？"

"我们没有打算举行婚礼，订婚的事也只通知了彼此的家人和同事，再加上芳树。但是，我也没有刻意隐瞒，所以经常会一起外出，佳奈美也会留宿，然后早上一起出门，又或是我们约好在哪里碰头后一起回家，看到邻居也会一起打招呼，因此知道的人不在少数。"

用不着特意说明，谁都能看出两人在交往。

一个完全没有关系的陌生人，偶然看到这两人看起来很幸福，出于嫉妒寄来恐吓信的可能性也不是没有。但是，仔细考虑后就能发现，这些信应该还是出自一个了解真壁的过去并对他抱有某种怨恨的人。如果说真壁到这个城市之前也收到过恐吓信，那这种可能性就更高了。

"刚才你说这不是你第一次收到恐吓信，是指案件发生后，你住在S町的时候吗？"

真壁点了点头。

大概是唤醒了不好的记忆，他表情阴郁，皱起眉头。

"案件发生后……在我离开S町前，大家都叫我强奸犯，那个时候我就收到过恐吓信，上面写着'滚出这里''去死'，比起现在收到的，内容更过激。"

"你还记得当时收到的恐吓信外观是什么样子的？装在信封里？打印还是手写？或是一个字一个字剪下来拼贴的？"

"收到了很多封，什么样的都有。几乎没有邮寄的，也没有信封，是像传单一样的信。"

虽然真壁是被冤枉的，但如果周围人都认定他犯了强奸案，那么收到这样的恐吓本身并不令人吃惊。只是通常这种恐吓行为是暂时的。过几年再重新开始恐吓，或者持续恐吓几年，甚至离开之后继续恐吓，这非常少见。

虽然有人也会出于"正义感"这么做，但最有可能这么做的还是当年的受害者及其家属。

话虽如此，现在也不能下定论，毕竟也有可能是某个人因为其他理由怨恨真壁，又偶然知道了过去的案件，并将此作为恐吓的素材。

不管怎么说，信上写的"我知道你是什么样的人"应该指的是案件，所以寄信人至少应该了解真壁的过去。也就是说，寄信人很有可能是他住在 S 町时认识并得罪的某个人，信封上的 N 町邮戳也证实了这个假设。

首先，我们应该着手调查真壁在 S 町时的人际关系，包括与案件有关的人员。

"你是什么时候从 S 町搬走的？"

"案件发生后马上就搬走了……不到半年后，我又离开了 N 市，之后一直住在 K 县，最近才刚搬来这里。我在 K 县待了挺长时间，大概住了三年，一个人租了一间房，靠打工过活，还交了女朋友，但半年左右就分手了。之后不久，我就开始和佳奈美交往了。"

学姐停止记笔记，抬起头来："对不起，打断一下。我想先确认除了强奸案以外，你真的没有得罪过谁吗？请再好好回忆一下。"

学姐以前也问过真壁有没有头绪，当时他否认了。但是，这次与当时他抵触谈话的情况不一样。

面对这次提问，真壁思考了一会儿："也可能在我没注意的时候做了什么……我想不出来。"他摇了摇头。

"比如，有没有狠狠甩了女朋友，或者分手的时候有过很大的争执？"

"没有，我都是被甩的一方。"

"你被逮捕的时候有交往的人吗？"

"有，同一所大学的高村真秀。"

"你有她的联系方式吗？"

"旧手机里可能还有……"

"案件发生后，你和真秀还有联系吗？"

"没有了，不仅是真秀，当时交往过的朋友都没再联系了。"

真壁说过自己被逮捕后，朋友们都纷纷离他而去，同学之间也谣言满天飞，所以他断绝了和大学时代所有人的联系。

"在真秀之后交往的就是你在K县遇到的那位女朋友吧，

只有她一个吗?"

"是的,和她分手后,在认识佳奈美之前没有其他人。"

"分手的理由是什么?"

北见学姐怀疑前女友有可能是嫌疑人。

听到这个问题,一直流利作答的真壁瞬间僵住了,他看了看学姐:"她收到了劝她和我分手的信。"

听到这个答案,我不由得大吃一惊,学姐也停下了记笔记的手。

"我正想跟你说……我说之前也收到过恐吓信的时候,想到的就是这件事。我在S町时收到的恐吓,怎么说呢,感觉是来自不特定的很多人,是暂时的。但是,三年后再收到的信,则让人觉得恐怖……有一种阴魂不散的感觉。"

搬出S町后收到了恐吓信,说明寄信人知道他的搬家地点,或是特意进行了调查。真壁说和大学时的朋友们都没有联系,也就是说他没有把新家的地址告诉别人,所以大概率对方做过详细调查。

"那个时候,恐吓信不是直接寄给你,而是寄给了你的女朋友吗?"

真壁点了点头:"就是因为这个原因,我们闹得很僵,最终分手了。那个时候,我自己也有过被人跟踪的感觉……但是和她分手后,一直到搬来这里之前,什么事也没有发生。"

当真壁和佳奈美开始交往,直至打算结婚的时候,他又开始收到恐吓信。

"寄给前女友的信中是什么内容？"

"不记得具体内容了，大概意思是我是一个很过分的男人，还是分手比较好……应该不止一封，她收到了好多封。"

这次是寄给本人，上次是寄给交往对象。两次的收信人不同，但是贬低真壁、逼迫他停止交往的内容如出一辙。

"那时的恐吓信你看过吗？是手写的吗？"

"不，是用电脑打出来的。"

那和这次一样。这本身并不稀奇，考虑到内容也是相同的，让人很自然就怀疑是同一个人所为。虽说其间有过中断，但真壁搬家后还会寄过来，那就不只是简单的恶作剧了。正如真壁所说，真是阴魂不散。

对方难道一直在监视他吗？

和前女友分手后，恐吓停止了；和佳奈美订婚后，恐吓又开始了……这么一来就觉得毛骨悚然，就连北见学姐也皱起了眉头。

"从 S 町搬走后，就没有收到恐吓信……案件的事也慢慢淡忘了，有了新的女朋友，开始了新生活。我在快要全部忘记的时候，又收到了恐吓信。我当时想，不管过去多久，不管我逃到哪里，都逃脱不了，所以真的很绝望。明明自己什么都没做，却一直被冤枉，我觉得自己一辈子都得不到幸福。"

"真壁哥……"

"抱歉，我现在没事了。我身边有佳奈美……还有了解事情真相后还愿意帮助我的人。"看到我露出难过的神情，真壁稍稍提高了声调对我说道。

真壁被迫逃离了S町，好不容易在K县找到了新的容身之地，却又被发现了……我终于知道他为什么在遇到佳奈美之后，绝对不希望佳奈美知道他的过去和被恐吓的事了，他不想这次恋情再遭到破坏。

"我的前女友玲奈收到了恐吓信，因此我们分手了……我原以为会像以前在S町一样，在邻居之间传开谣言，或者继续被恐吓，然而这些并没有发生。玲奈说我和她分手后，就没再收到过恐吓信了。"

"稍后请把玲奈的联系方式也告诉我。"

北见学姐在高村真秀的名字下面又写上了玲奈的名字，并且加了一条下划线。

北见学姐大概是在怀疑这次恐吓和恋爱相关。的确，真壁在学生时代很受异性喜欢，所以也有可能是因为男女关系招致了他人的怨恨，比如因爱生恨，虽然他自己并没有头绪。

据我所知，真壁并不是那种招人怨恨的类型，但谁都不知道自己会在什么情况下莫名就得罪了别人。

"这样看来，四年前的案件是对方恐吓的素材，但恐吓的理由不一定是同一个。现阶段，我们不会只把目标集中在与案件有关的人员身上，也会同时调查有没有其他可能实施恐吓的人。在这一过程中，我也会去询问当时和你有过交集的人，例如真秀和玲奈，还有其他了解案件的人，可以吗？"

"嗯，没关系。"

不知是为了调查因此被逼无奈接受，还是因为这些人已经和自己没有关系了，所以觉得无所谓，真壁没怎么犹豫就点头答应了。

"我只是希望不要告诉佳奈美。"

"明白。如果与她没有直接利害关系，我想也没必要告诉她。"

学姐在笔记本的正中画了分页线。我以为今天的谈话到此为止，没想到她的右手转了一下笔，又重新拿起笔记本。

"虽说现在还不能下定论，但嫌疑人最有可能还是与四年前的案件有关的人，所以我们也会同时调查这件事。你能详细地说一下案件情况吗？"

真壁稍微有点紧张，他拿起杯子，喝了一口咖啡。

"你知道四年前案件的受害者姓名和联系方式吗？"

他摇了摇头："和解的事全部交给了律师，我们双方一次也没见过面……和解的条款包括双方互不联系，所以对方一次也没有联系过我，当然我也没有接触过对方。"

不管事实如何，所谓和解就是向受害者承认罪行并道歉，也就是说，受害者虽然没有起诉，但始终认为真壁是罪犯——她有足够的动机恐吓真壁。

"也就是说，你和受害者本来不认识？"

"被逮捕的那一刻，我也是晴天霹雳，我在审讯中问警察：'受害者是我认识的人吗？她说过是我干的吗？'虽然没有得到明确的回答，但我记得负责的刑警问过我，是不是在公共汽车上盯上她，然后一直跟踪她？"

真壁是因为在夜晚袭击过路的女性，并在公园的暗处实施强奸而被逮捕。穿过案发现场的公园的那条路是他回家的近道，他经常走。

"你连受害者的名字也不知道吗？"

"警察没有告诉我，只听说是一个女大学生……"

"知道是哪所大学的吗？"

"不知道，据说和我不在同一所大学。"

这些细节信息也很重要，学姐一边点头一边做笔记。

"如果说是在公共汽车上盯上的，那么受害者可能和你上学的道路有重叠。你有没有从刑警和辩护律师那里听说过其他事情？就算不知道受害者的名字，那知不知道是个什么样的人？"

"……律师说过为了避免今后我与受害者偶然遇见，和解协议上写了被释放后就马上搬家。刑警也问过我，是不是深夜在她下了公共汽车后走路回家时袭击了她……"

"说明受害者住在 S 町，而且是住在案发现场的步行范围内。"

知道了住的地方和大概的年龄，范围就缩小了很多。距离案件发生只过了几年，附近应该还有人记得事情的经过。

真壁无法准确地想出公园的名字，我根据他以前的住址，用手机搜索到了一个叫 S 町东公园的地点。

"是这个公园吗？"

我给真壁看了图片,他点了点头。北见学姐也看了一下,记下了公园的名字。

深夜,在公园暗处看不清彼此的脸。可能受害者不记得罪犯的长相,在看了警察出示的照片后认错了人。如果真是因为这个原因使得真壁被冤枉,真凶却逍遥法外,这对双方来说都是不幸的事情。

"不好意思,我很好奇,"为了不妨碍学姐,我尽量不插嘴,但有一点非常在意,于是忍不住开口问道,"为什么警察会逮捕真壁哥?如果真壁哥本来就和受害者认识,才有可能因为看错而认错了人……可是这个人和真壁哥完全没见过面吧。"

如果这些话是真的,为什么警察会查到毫无关系的真壁?即使犯人的身形和他很像,如果受害者不认识真壁的话,也无法将其和案件联系起来。如果真壁和受害者的活动范围有重合,也许有人偶然在案件发生前后看到了他在现场附近,所以他成了嫌疑人,仅凭这一点就能让警察逮捕他吗?

学姐也点了点头,把视线转向真壁,她也有相同的疑惑。

真壁没有马上回答,也许他也想知道为什么会被逮捕。

短暂的沉默后,真壁表情痛苦地说出了自己的想法:"……好像是我的东西掉在了案发现场附近,所以我才被怀疑了。警察调查的时候说过,我说我不知道。"

"具体是什么?"

"是商店的会员卡。我自己并没有意识到丢了,可能是在不知情的情况下掉在了某个地方。"

真壁说案发现场的公园是自己从车站回家的近道，他经常走，所以可能是那个时候掉的。

"只是这样就被怀疑了吗？"我不禁发问，这也太草率了吧。

"当时没有让受害者来辨认吗？没有解除误会？"

"可能受害者没有看清罪犯的长相，审讯的时候她没有说，后来我是听律师说的，那个公园的灯很少。"

真是祸不单行。一个与真壁身形相似的男人，在真壁经常经过的路上犯了罪，而在现场恰巧发现了真壁丢失的会员卡……这么多巧合碰在一起，警察会采取行动理所应当。即使这些证据不足以使真壁被起诉，也足以让他成为嫌疑人而被调查。

"警察问过你案发当天的不在场证明吧，你还记得吗？"

"当然。那天我和大学的朋友一起去喝酒。但十一点过后就结束了……我像平常一样回家了，没有不在场证明。"

"你和父母住在一起，他们不是可以为你作证吗？"

"我父母很早就睡了，不知道我几点回家。两个人都很诚实，对警察也是这样回答的。"

也就是说，没有不在场证明。

警察不会因为在现场掉了东西就实施逮捕。如果受害者没有看清罪犯的长相，辨认时也不可能有确凿的证词。仅凭"感觉像那个人"这种程度的证词还不至于逮捕。

搜查资料上可能会写还有其他证据导致真壁被逮捕。例如，某个店的监控摄像拍到了案件发生前后，真壁向公园方向走去，或者从公园方向走来的身影。

如果说真壁在案件发生前后的行动与罪犯相吻合，所以才被怀疑，那么他有可能在完全没意识到的情况下就与罪犯及受害者发生过近距离接触。

学姐一边转着笔一边思考着，不久停住了手，再次开始提问。

"你有没有听说案发时间是几点？"

"我记得是夜里十二点多。"

"你和受害者回家的路是同一条，案发当天，你也是穿过公园回家的吗？十一点多酒会结束……那么十二点前后，你在哪里？是正好经过公园附近吗？"

"警察也这么问过。"真壁一脸为难地叹了一口气。

这关系到有无不在场证明，所以警察当时一定会反复确认。但是学姐提问的目的和刑警不同，我明白她的意思。

如果真壁在案发时间前后出现在现场周围，甚至被误认为是罪犯的话，也许他目击到了什么线索。

"在你经过公园后，案件发生了。那你回家的路上有没有见到一个女生，或者像罪犯的男人呢？"

如果当时真壁和受害者见过面，那么真壁的印象会留在受害者的脑海中，在辨认强奸犯的时候记忆就可能出现混淆。

听学姐这么一问，真壁想了一会儿，摇了摇头："……我没有见到女生。说实话我已经不记得了，当时警察问我的时候我应该也是这样回答的。至于男人……我也不记得了。"

现在想要清晰回忆起四年前的事情不太可能。而且，现在能想到的事情，当时警察和辩护律师一定经过多次确认和取证。

看来，从真壁这里很难得到关于受害者的其他信息。

"被逮捕后，你坚持说自己没有做过。最终还是同意和解，是有什么原因吗？"

对于学姐的提问，真壁低下头，视线盯着地板。

"我一直坚持自己是被冤枉的。律师也跟我说'如果没有做的话就一起战斗'，但我听说有很多不利的证据，当时很害怕。"

真壁痛苦地皱起眉头，为了不被起诉而承认自己没有犯过的罪，这让他很羞愧。

"他们说可能出了差错，但既然有证据，如果被起诉的话，被判有罪的可能性会很高……如果对方能撤案就不会上法庭，也不会有前科，我被父母说服了，最终决定和解。因为我那个时候被拘留，所以和受害者的沟通全部交给了律师。"

现在的法律已经修订过，但在当时案发时，强奸罪还是属于亲告罪[6]。无论证据多么齐全，哪怕实际上犯了罪，只要受害者不控告，就不会提起公诉。

---

[6] 亲告罪是指受害人告诉（控告与上诉的简称）才构成犯罪，在受害人不告诉的情况下，即使司法机关明确侵害事实的发生也不会予处理的犯罪。

如果认罪并同意和解就不会被问罪，如果不认罪继续坚持自己的清白则可能会被判有罪。在这种两难境地下，真壁一定很纠结，辩护律师应该也犹豫不决。

最终，他们选择了妥协，而不是继续坚持查明真相，这种选择并不能说有错。当时，真壁和辩护律师绝不可能预测到几年后会变成这样。

一旦承认罪行，想让受害者理解事实真相就会很困难。

案发后警察也进行了搜查，但还是放跑了真凶。案件已经过去了四年，证据应该已经散失。事到如今，要想找到当时有可能只是偶然路过的真凶并不现实。

在没有证据的情况下声称真壁其实是无辜的，请务必停止恐吓，这让寄信人怎么相信？

而且，必须要先找到寄信人，才能去说服。

"辩护律师和受害者直接对过话吧，能把目前的情况告诉他，请求他的帮助吗？"我问道。

真壁含糊其词地回答道："不知道能不能。"

学姐代替他回答："有难度，很有可能和解的协议条款之一就是不能将受害者的信息告诉真壁先生。"

"啊……是啊。"

确实，当时的辩护律师应该知道受害者的名字和联系方式。但是，现在没有证据表明寄恐吓信的就是当时的受害者，这种情况下，律师不可能把受害者的个人信息告诉强奸案的嫌疑人。

"你知道辩护律师的联系方式吗?"

"中村……好像叫中村康孝律师。我只记得名字,联系方式要查一下才知道。"

"只要有名字就可以了,你先不要联系中村律师。"

"中村康孝律师",学姐将这个名字记在了笔记本上。

她说从正面请求律师协助的希望渺茫,那么她打算如何接近真壁曾经的辩护律师呢?

"你在达成和解后被释放,之后按照约定搬家了。搬家的地址没有告诉受害者吗?"

"不知道,我想没有告诉吧。我告知了律师搬家的日程,但不记得是否把搬到K县的地址告诉过辩护律师。之后我又搬了家,后来又搬到了这里,这些都没有告诉过辩护律师。"

真壁说他是最近才搬到这个城市,之前一次是从S町搬到K县,这是第二次搬家。他曾两次改变地址,但寄信人还是了如指掌,把信准确地寄到了新的地址。

"现在的住址你告诉过当时的熟人吗?像同学会的干事……一些会员可能也会联系你变更联系方式。"

"大概只告诉了信用卡的银行。"

"你父母呢?"

"只告诉了我母亲。我已经好几年没和父亲说过话了,我想他大概也不知道我现在住在哪里。"

住在S町的时候,我见过真壁的父亲。他是一个认真严肃的人,一直以优秀的儿子为傲。一想到他那张严肃中带着些亲切的脸，我的心里就很难受。

连父亲都不联系了，可以说真壁和S町的联系除了母亲以外，几乎都断了。

不知道寄信人如何知道他现在的住址的，也许是从他的家人和朋友那里泄露出去的，或者雇个侦探也能查到。不管怎么说，对方从住在S町的时候就开始一直监视着他，真是太执着了。

很难想象这是一个与案件完全无关的人出于正义而做出的行为。寄信人是过去强奸案的受害者或相关人员的可能性比较大。不管是出于什么理由，恐吓都是犯罪。只不过如果对方是强奸案的受害者，调查的时候就需要加更细心谨慎。

北见学姐向真壁询问了两个前女友和大学时期关系亲密的朋友的联系方式，并记了下来。

"最近一封信是邮寄来的，可能没用，但寄信人有几次是直接投放的，如果能拍下视频就可以作为证据了。人不能一直盯着，建议安装监控摄像头。明天我会把器材带过来，我想把它直接安装在能看到信箱的位置。"

"明白，但我明天要上班，不在家……"

"那我就自己安装，装好后不用去管，录像设定好四十八小时后自动删除。如果收到新的恐吓信请告诉我，我会保留那个时间段的录像。"

"我明白了。"

"监控摄像头不会装在很显眼的位置，如果被佳奈美发现，你就随便搪塞一下，就说是为了以防万一安装的。"

我们已经待了很久了。

"今天就这样吧。"学姐说完，就把笔记本和笔收了起来。

真壁也松了一口气，一脸轻松地说道："如果知道了什么，我会再联系你的。"

我和学姐两人站起身，离开了座位。

走向玄关的时候，学姐看着放在房间入口的白色电话，说道："一个人住的家里还有固定电话，真是少见啊。"

真壁害羞地挠了挠脸："这是决定结婚的时候和佳奈美一起买的，表明一起组建家庭的决心……刚买不久，还没响过呢。"

两人将想要组建新家庭的想法以固定电话的形式体现出来，真有意思。为了两人日后能安稳地生活，我们一定要尽快解决恐吓信的问题。

真壁给我们开了门，将我们送到外面。

"监控摄像头会设置在那边停靠自行车的围墙上，再用自行车挡住。你停车的时候要小心，别遮住镜头。"

"知道了，那就拜托你们了。"

"啊，对了。"刚要走出去，学姐像是想起了什么似的，回头看了看门口的真壁。

真壁停下了正要关门的动作。

"刚才说过，监控是实时的，和我的电脑、手机联动，我随时可以确认画面。如果想保护隐私，最好不要和未婚妻在门口卿卿我我。"

真壁笑着回答道:"我会注意的。"

5

第二天,我们和住在K县的前女友泽井玲奈取得了联系,约好下午去她的工作单位,利用休息时间见面。我们计划上午安装完摄像头后就直接赶往K县。

到了真壁家后,学姐先打开信箱,确认里面什么都没有,然后移开靠着围墙停放的自行车,开始动作娴熟地安装摄像头。这个时间真壁在上班,昨天交谈的时候也确认了佳奈美今天有工作,不会突然来访。

"最后一封信是邮寄的,如果对方担心监控和盯梢,完全改为邮寄的话,摄像头就没用了。但是,除了最后一封信,之前的信全部都是直接投放到信箱的,所以对方再次直接投放的可能性也很大……那人一直在观察真壁,或者说在监视他,极有可能会再来看看情况,顺便投放恐吓信。"

"是啊。但这么小的摄像头确定没问题吗?没有电线连接,电池够用吗?"

"虽然画质一般,但这个距离够用了。只有有人经过摄像头前才会触发红外线传感器,继而开始拍摄,所以不费电。就算持续拍摄,也能维持八小时。"

真壁家的信箱是箱形的,安装在房子外墙上。塞东西和取东西时站的位置差不多。如果从正面拍摄,被对方发现的风险比较大,所以学姐把摄像头装在了旁边,这样可以从侧面拍摄到人的上半身。

学姐把自行车放了回去做掩饰,小心地露出镜头。

"居然有这种实时的监控,不管离多远都不影响吗?"

"视频直接上传到网络,我只是用手机查看,所以和摄像头的距离没关系。"

学姐拿出手机启动了应用程序,确认摄像头没有问题。"嗯,拍得不错。"

就在这时,手机响了,屏幕上显示着真壁研一的名字。

"我是北见。"

"是的,刚刚装好摄像头,木濑君也在……什么时候?"

学姐的表情一下子变了,是发生了什么事吗?我看向学姐,但是她没有看我。

学姐一边继续通话,一边环顾四周。她走到围墙外圈,又马上走了回来,像是在确认有没有可疑人物。

"那么应该是昨晚或者今早收到的。信现在在哪里?"

看样子又收到了新的恐吓信。我听不清内容,但是能听到真壁说话的声音,并不是特别慌乱。

北见学姐默默地倾听了一会儿,问道:"你没事吧?"

不知道真壁是怎么回答的。

"就算她知道了，好好解释，说明你是被冤枉的，她会明白的。"

真壁应该在说关于前历的事情。

我和学姐对视了一眼。

"那封信以后还是放在我这里保管吧。你先拿好，别被佳奈美发现。接下来我们打算去K县，如果知道了什么，会再联系你。"

学姐看着我，对真壁说道，然后结束了通话。

她放下拿着手机的手，简短地对我说："今天早上，真壁的信箱里又收到了一封新的恐吓信。"

距离安装摄像头就差一步。就是担心会再发生这样的事，第二天就马上拿来了摄像头，但还是晚了一步。

"他说是今天早上出门的时候注意到的，那么放着也不好，就先带到工作单位去了。我已经拜托他把照片发过来。啊，发来了。"

手机振动了一下。

学姐给我看了真壁发过来的图片。

一共两张照片，一张是信封正面，一张是信的正文。信封上没有收信人的名字，也没有邮票，A4纸上只印了一行字：

不可能有女人知道你是罪犯还会和你结婚。

和上次的信相比，语气更为强硬。和之前我在真壁的卧室里看到的那封恐吓信的语气很接近。因为上面没有写具体要求做什么，所以这已经不能算是恐吓了。

"这种语气……莫名让人感觉到一种攻击性。"

而且信的内容更具体了一些。之前的信没有直接提及恐吓的原因，但这封信明显是在暗示真壁的前历。

学姐说最后一封信比之前礼貌，也许是为了避免触犯法律，但现在这封信又回到了粗暴的语气。这样的话，也许对方并不是因为有什么想法而改变了语气，只是单纯情绪不稳定。信封上没有贴邮票，说明这次不是邮寄，而是直接投在信箱里的。

"真壁说昨天晚上佳奈美来了，所以没看信箱，说不定是昨天晚上投送的。"

没准真壁和佳奈美两人在一起的时候，恐吓者就在外面。

听了北见学姐的话，我想象了一下当时的情形，感到毛骨悚然。

"真壁哥没事吧？"

"嗯，他倒是出乎我的意料，很平静。他只是可惜如果能晚一天送到的话，就能拍到对方了。"

也许是因为决定追查到底，又安装了摄像头，真壁的想法也发生了变化。与之前什么也不做，一味指望对方自己停止恐吓的时候完全不同，恐吓信不再只是悬在头上的一把剑，更是查明真相的重要线索。这样想的话，他的压力应该也会减轻很多。

"是吗？他能这样想真是太好了。"果然拜托学姐是正确的，我放下心来。

"但是……他也说信上写的事情如果佳奈美知道了的话……"学姐说着，脸上露出了些许担忧。

不可能有女人知道真壁的前历还会继续和他结婚。恐吓者抓住了真壁内心的痛点。实际上，他也是这样失去了之前的恋人和朋友。

因为一桩冤案和数封恐吓信，他已经失去了太多太多。

今天约好谈话的玲奈，也是选择离开真壁的人之一。

"我对他说，即使佳奈美知道了，只要说清楚自己是被冤枉的，她会明白的。"

"他怎么说？"

"他说如果是这样就好了……但心里还是很害怕，'因为我只有佳奈美了'。"

我在旁边攥紧了拳头。

我记得学生时代的真壁，身边总是围绕着很多朋友，但冤案使他失去了一切。几年过去了，现在他终于遇到了一个心爱的人，想要幸福地生活，但是总有人不放过他。

对方不直接把真壁的过去告诉佳奈美，而是选择寄信让他不安，从精神上把他逼上绝路，这种做法真是阴险。

如果寄信人是四年前的受害者，那就说明她对真壁的怨恨非常深，认定他是犯人，但这种恐吓做法太过分了。

我不知道该如何抒发这种愤怒。

"但是，真壁没有听从对方的要求主动放弃佳奈美，而是想在那之前找到对方，停止恐吓行为。只要他坚持这样想就没问题，我也会尽我所能。"学姐重新确认了一下摄像头，说道。

"就算佳奈美知道了，也不是世界末日，好好解释让对方明白就可以了。"

学姐的语调平静，但是她的鼓励让我的心情变得明朗起来。虽说侦探的工作只是调查和报告，但她似乎很担心真壁。不，真壁现在不在这里，那她是在鼓励在意真壁的我吗？

北见学姐能不能查明四年前的真相，消除受害者的误会？我脑中突然冒出这个念头，随后又苦笑着摇了摇头，这样的期待值未免太高了。

"没错，我会尽我所能协助你的。"我整理好了监控摄像头的包装。

之前，真壁一直默默独自忍受，现在，我和北见学姐知道了事情的来龙去脉。只要他不屈服于恐吓，愿意勇敢面对，我们就能做些力所能及的事情。

***

真壁的前女友泽井玲奈在 K 县的一家服装品牌直营店工作，服装店位于一条热闹的街道上。

我们约好碰头的地方是服装店对面的一家咖啡店。

泽井玲奈非常准时。北见学姐不认识泽井,可是一看到她走进咖啡店,马上就站了起来,我吓了一跳。后来学姐告诉我,是因为泽井穿着自己公司品牌的连衣裙,所以她一下就认出来了。确实,泽井的发型和妆容与那条连衣裙非常配,整个人就像是从品牌宣传册上走出来的一样。

"您是泽井玲奈小姐吗?"

"是的。"她低头向我们行礼。

"很抱歉突然联系您,占用您的时间,也非常感谢您能来。"

"没关系,我收到真壁君的短信时吓了一跳。"

泽井玲奈欣然同意见面,说明她和真壁的分手应该比较体面。真壁说他们是因为恐吓信分手的,我还担心她会因为不想再扯上关系而拒绝见面,现在看来是我杞人忧天了。

"如果您不赶时间的话,我去买点饮料,您喝点什么?"

"那我要焦糖拿铁,谢谢。"

很幸运,收银台没有人排队。

我点完单后便去柜台等饮料。在等待的时间里,我看向学姐那一桌:坐在北见学姐对面的泽井一边点头,一边在说着什么。

我端着拿铁回到座位上,听到学姐正在说话,似乎已经进入了正题。

"我们听说以前您和他交往的时候也收到过同样的信,就来向您问问情况。"

我把拿铁放在她面前,她轻轻地低头道谢。我坐在了学姐旁边的空位子上。

"恐吓还在继续吗?已经过了一年了……我完全不知道。分手后,他一次也没有联系过我。"

"我和真壁君是在打工的地方认识的,不是现在这家店,但也是同一系列的服装店,那里也卖男装。我现在是正式员工,那个时候还只是兼职,真壁君比我稍早一些入职。"

说到这里,她举起杯子,抿了一口奶泡,接着又用手指擦过杯子的边缘。看到被擦掉的粉红色痕迹,我才意识到她是在擦杯子上的口红,动作很熟练。

"他很帅,却不怎么想和人交往,感觉跟谁都保持着距离,我很在意这一点。明明他待人很好,也很会说话,却完全不参与联谊之类的活动。"

"好像没有什么精神。"泽井玲奈好像并不满意自己的措辞,在思考更为合适的语言,我明白她想说什么。

考虑到真壁离开S町搬到K县的理由和时间,他会有这样的表现也很正常。

我点了点头,表示能理解,她像松了一口气似的,继续说:"我不喜欢那种特别主动的男人,但真壁君不是那样的,我觉得他很好,所以就主动接近了他。"

她邀请真壁喝了几次酒,在休息时间主动向他搭话,拉近距离,后来就慢慢开始交往了。

在讲述那段时光的时候,泽井玲奈好像很怀念,但又有些害羞,没有和我们对视,只是一边说一边喝着拿铁。

"真壁君很温柔,我们交往的时候很开心……但是,交往不久后就发生了奇怪的事情:有时会有电话打来,接通了又不说话。也许是我的心理作用,总感觉有人在盯着我。"

终于到正题了。

学姐没有说话,我随声附和着,鼓励她继续说下去:"这件事,你跟真壁说过吗?"

"说过。我有些害怕,就跟他商量过。他很照顾我,从那以后,每次约会结束后,即使不是很晚,他也会送我回家。但事情没有因此好转……仅仅是接到骚扰电话也没办法报警,只能放任不管。过了一段时间,我就开始收到劝分手的信。"

"写着不要和真壁交往?"

"我不记得具体内容了,应该是写着'和真壁交往会变得不幸'之类的话……只在白纸上印着一行字,没有收件人和寄件人姓名。现在寄给真壁君的信也是一样的模式吗?"

"在白纸上印字这一点,还有内容和语气很像。"

泽井点了点头。

"一开始我还以为是跟踪狂。但是,中途开始我就觉得有些奇怪。果然,恐吓的目标不是我,而是真壁君。"

虽然她不记得信中的具体语句,但还记得内容是劝她与真壁分手,同样是在白纸上印一行字,装在素色信封里。信封和白纸都很普通,没有什么特殊之处,大概率当时的寄信人和现在寄恐吓信给真壁的是同一人。

"接连收到好几封这样的信，骚扰电话也不停，我越来越烦躁。有时也会把气撒在真壁君身上。真壁君不让我去报警，说最好不要随便刺激对方……当时我觉得自己已经如此烦恼，为什么他不能好好考虑我的感受？我也有些不满。"

真壁有不想让警察介入的苦衷，但是泽井玲奈毫不知情，只是抱怨他什么都不做，没有顾及自己的心情，这也说得过去。

"我听了真壁君的话，不再刺激对方，接到骚扰电话就挂掉，不给任何反应，收到的信也都扔掉了。真壁君说，过几天对方就会厌倦的，我当时想如果能这样就好了。"

泽井低下头，双手拿着杯子喝了口拿铁。

"后来收到的信内容不同了……上面写着'真壁研一是罪犯'。我以为这是没有任何根据的诽谤中伤，但是给真壁君看了之后，他的脸色一下子变得惨白。"

原以为真壁会对这种无故中伤感到生气，或是笑着说不要在意这些，但是这种意外的反应让泽井感到很惊讶。

"我当时想,是不是真壁君以前的女朋友在骚扰他？我觉得真壁君好像对寄信的人是谁是有头绪的。"

"现在还不知道是谁干的，"学姐继续说道，"应该是有人误以为真壁犯了罪，一直在恐吓他。我们想找到那个人，让他停止恐吓，所以现在在询问一些相关人士。"

"原来是这样啊，太过分了。"泽井皱起了眉头。

"当时我把信给他看，问这是怎么回事。真壁君什么都没说，也没有找借口。我并不是想责备真壁君，只是想问问他有没有头绪。"

可能是想起了当时的事情，泽井玲奈变了脸色。

"然后，真壁君一脸死心的样子，直接说'给你添麻烦了，对不起，我们分手吧'……如果他认真解释的话，我一定会好好听的。"

泽井玲奈悔恨地说着，低下了头。卷曲的长发落在侧边脸颊上，她像是没有察觉到一般。

"我问他为什么这样，为什么要说这种话，真壁君只是说'对不起'……我也因为恐吓信和骚扰电话积攒了很多压力与委屈，就同意了分手……接着真壁君就辞了职，联系不上了。"

我看到泽井玲奈握着杯子的手微微颤抖，指甲尖碰到了陶瓷杯子，发出了刺耳的声音。

"结束得这么突然让我很受打击。我很后悔没有好好听他解释就分手了，所以这次他主动联系我时我还有些高兴，松了一口气。"

所以，虽然我们很突然地联系她，但她还是接受了我们的问询。

虽然交往时间很短，但她确实很喜欢真壁，但最后的结局有些遗憾，让她耿耿于怀。

"如果那个时候他能好好解释的话，我就会无视那些恐吓信，和真壁君继续在一起。他为什么马上就放弃了，我很不甘心。我以为真壁君也不是那么喜欢我，我很难过。"

我刚想说没有那回事，可是又闭上了嘴。

真壁和泽井玲奈之间的事情，我知道得并不多。而且真壁放弃了她，这是事实。他习惯了被抛弃，厌倦了被恐吓，所以选择在泽井玲奈提出离开之前，自己先选择了放手。

我不知道该怎么向泽井解释这件事，也不知道是不是应该解释。

"真壁似乎因为误会而得罪了一个不认识的人……所以直到现在还在被恐吓。我想，他当时那么做是为了不让你被卷进来。"

我只说了这些。是事实，但不是全部。

学姐瞥了我一眼，什么也没说。

"……可能吧。"

泽井抬起头，失落地挤出一丝笑容，说："你很温柔啊。"

***

距离与泽井玲奈的交谈又过了两天，北见学姐联系我可以与真壁大学时代的交往对象高村真秀见面了。

高村真秀现在在 S 县的大学附属医院做实习医生。

不知道学姐是怎么办到的，竟然成功地跟高村真秀约好，她会在星期六上午出门前抽出三十分钟见我们。我和学姐在附近的车站会合，一起赶往约好的地方。

"实习医生很忙吧？能预约到见面很不容易。"

"我也是这么想的，但不同的实习科室忙碌程度也不同。高村现在在眼科，还处在实习期，下午六点就能下班，不会半夜被叫去医院，周末也能休息。"

学姐一边查看手机上的地图 APP 一边说："还好她的电话号码没变，也愿意接听陌生号码的来电。"

"我当时想的是如果电话打不通，我就只能去 T 大附属医院以患者的身份就诊了。"

确实，作为患者可以见到面，但感觉不太好。现在既然能通过电话提前预约好时间，这真是太好了。

约好的见面地点是一栋写字楼一楼的休息室，里面有很多椅子和桌子，可以自由使用。虽说是写字楼，因为楼上有餐厅，所以星期六也有很多人。休息室有一整面落地玻璃，可以看到窗外的绿植。现在正好又是树木萌芽的时候，于是我们选择了进门处一个靠窗的座位，一边眺望外面，一边等着高村真秀的到来。

真壁的旧手机里有大学时朋友们的照片，毕业相册里也有照片，所以我事先已经知道了高村真秀的长相。高村真秀五官分明，露出额头，具有一种知性美，与泽井玲奈和从照片上看到的佳奈美是完全不同的类型。

北见学姐应该也是这么想的，她说真壁对女生的喜好不统一。不知道是她们身上有共同点，还是他的喜好发生了变化。想想他之前的经历,别说是对女生的喜好,就算人生观发生了天翻地覆的改变也不足为奇。

高村真秀在约定的时间准时出现了。照片上是直发,现在烫卷了,踩着一双又细又高的高跟鞋,穿着一身白色衬衫和裤子,简单且引人注目。

"很抱歉在休息的时候打扰您。"

我也配合学姐,低下头行礼。高村目不转睛地看着学姐,直截了当地问:"你是研一现在的女朋友吗?"

"不,我是侦探。"

"真的吗?"

学姐拿出名片递给她。

高村接过后,将名片上的头衔和学姐比较了一番后说:"你是研一喜欢的类型。对不起,刚才我说了奇怪的话。"

"没关系。"学姐毫不介意,请她坐下。

高村把一个只能装下钱包和手机的手抓包放在膝盖上,坐了下来。

看得出,她虽然说不上特别勉强,但似乎对于问话这件事兴趣不大。尽管如此,她还是愿意过来,这已经让我非常感谢了。

"我们在电话里也说过了,目前正在调查真壁受到恐吓的案件。能跟您聊一下吗?"

"我的时间不多,而且我已经好几年没见到研一了。"

"我们只是想问问当时的情况,你知道当时有怨恨真壁的人存在吗?"

"这个……"她欲言又止,神情尴尬。

"我们已经知道四年前的案件了。"

听到学姐这么一说,高村松了一口气:"这样啊,你的意思是除了那个受害者以外? ……想不到……案件给我的冲击力太强了,我想不到其他的,他本来也不是令人讨厌的类型。"

"他在异性关系方面怎么样?"

"他很受女生喜欢,所以也有可能会被怨恨。他和谁都能很快成为好朋友,而且性格爽朗,体贴周到,所以可能会有女生误会。他经常遇到女生搭讪……校园开放日那天,来参观大学校园的高中女生都会追着问他要联系方式。"

这与我对大学时代的真壁印象一致。大家都喜欢他,他总是人群的中心。

"他有很多女性朋友,是联谊的红人。但是和我交往后,从未出过轨,也不像大家所说的那样是个花花公子。"

"你们开始交往的契机是什么?"

"最初是入学后的新生教育被分在一组,研讨会也是同组,几个谈得来的人一起参加学习会,一起玩,然后就开始交往了。"

"在交往过程中发生了案件,是吧?"

高村皱着眉头点了点头。

交往中的恋人因性犯罪而被逮捕,这件事对她的打击应该很大。

"您对案件的了解有多少？"

"同年级所有人都知道这件事情，说他在喝完酒回家的路上强奸了一个女生，然后被逮捕了。警察到了他家，当着前一天和他一起喝酒的朋友们的面，把他带走了。"

"你是从谁那里听说这件事的？"

"一个当时就在现场的同学，应该是大久保。他和研一来往比较密切。我是从他那里听说的，很快就传得尽人皆知了。"

"听到这件事的时候，你是怎么想的？"

"怎么想的……我想的是事件的真实性。我一开始很震惊，不敢相信是真的。后来听说他和解了，果然还是真的……知道真相之后，我很生气。不论是作为一个女人，还是作为研一的女朋友，我都无法原谅他。不是出轨，而是强奸！作为女朋友，我一点面子都没有了。"

除了对犯罪行为的蔑视，还有因为被恋人背叛而觉得丢了面子的愤怒，高村的情绪一览无余。

"连我都被叫到警察局刨根问底。我也是受害者啊，这真的很讨厌。"

"是不是问了一些很隐私的事情？例如性生活之类的？"

"是啊，还问我有没有被他打过，有没有感觉他在性生活上有什么异常，一个月发生几次关系之类的……非常不愉快。我回答说研一很正常，我没有被打过或者被强迫过。警察还继续追问我有没有受胁迫，鼓励我大胆说出真相。真是烦人。"

也许是想起了当时的情形,高村焦躁地撩起了头发,这好像是她的习惯。

学姐一边随声附和,一边在笔记本的一角潦草地写着:性取向正常,没有暴力倾向。

"你觉得真壁是那种喝醉后会强奸女生的人吗?"

"完全不。我一开始想的是他不擅长拒绝主动的女生,是不是醉酒之后,女生主动引诱,才做了那种事,后来发生了争执才出事。结果,听说他是在公园袭击了路过的女生……"

在逮捕现场的朋友们应该都听到了逮捕令的内容,知道犯罪地点和具体名目也不奇怪。但是,如果在同年级都传播开来,一定是当时在场的某个人泄露了。消息太令人震惊,传播开来也是没办法的事情,但真壁一定觉得被朋友背叛了。

学姐一边记笔记一边继续提问:"真壁当时经常喝酒吗?喝醉了做过什么事吗?"

"他的酒量一般,和大多数年轻人差不多。我没见过他喝到烂醉……但是听说出事那天好像是喝醉了。"

"这是事发当天和他一起喝酒的人说的吗?"

"是的。"

"你知道他们的联系方式吗?"

高村拿出手机,打开社交软件找到"中野研讨会"的群聊,给我们看姓名列表。

入江优、石丸谦吾、大久保升平。

学姐迅速地做了笔记。

"联系方式必须要得到他们本人同意才能给你……"

"嗯，那是当然。谢谢。"

"啊，对了。这是很久以前拍的了。"

高村打开手机相册，给我们看了一张照片。

是学生时代的真壁和朋友们。发色明亮的真壁在正中间，旁边是有着一头长直发的高村真秀。照片是在居酒屋或是其他吃饭的地方拍的，高村看向镜头，手里拿着一个装饰盘，上面用巧克力酱写着"HAPPY BIRTHADY"，每个人都笑容满面。

这应该是在她生日聚会的时候，大家聚在一起拍的照片。

"五个人的合影只有这一张，这是入江君、石丸君，边上是大久保君，要发给你吗？"

"谢谢，请发到这个号码。"

我久违地看到了真壁的笑脸——担任家庭教师时就是这样——满脸无忧无虑的笑容，但现在已经看不到了。

高村发送图片的时候，我看到旁边还有真壁和她两个人的合影。

她对前男友的丑闻很生气，但并没有删除照片，而是保留了下来。

"幸好没有删掉。"高村把照片发到了学姐的手机上。

"说到可能怨恨研一的人，他的男性朋友会更清楚一些，就像他曾经瞒着我和别的女孩子玩且发生过争执，这些他不会告诉我，但那些朋友大概都知道。"

"我们也想同这三位聊聊。"

"我现在在眼科,每天都能准时回家,但他们三个人很忙,可能不能马上抽出时间见面。大久保现在在内科的医务室,八九点之前回不了家,周末也经常会上班,你们最好去医院找他。入江君和石丸君应该在外科。"

"午休的时候我们会去看看,能麻烦您提前转告他们一声吗?"

"可以是可以,"高村含糊其词地回答,"我只是转告,见不见面要看他们本人了。"

"那是当然。"

"太感谢您了,"我和学姐一起低头行礼,"您能同意和我们见面,挺意外的。"

高村似乎有些不自在。真壁的所作所为对她来说是一种背叛,没想到她会愿意抽出时间和我们见面,还告诉我们下一个该谈话的对象。听了我的话,高村瞥了一下学姐:"你在电话里说比起突然去工作单位,还是打电话提前约好时间更好……如果我拒绝的话,你们就打算来医院找我了吧。"

我不由得看了一眼学姐。

学姐笑着说:"多亏您的帮助,真是太感谢了。"

"算了,也没关系,"高村叹了一口气,"我也有些好奇研一到底是怎么回事。案件发生后,他什么都没说就离开了。"

"关于案件,真壁没有解释过吗?"

一般人碰到这种情况至少会向恋人解释一下。

高村摇摇头："他被逮捕后，我马上给他发了短信，但没有回复。他被逮捕了，回复不了也正常，当时他一定也很慌乱。后来听说他被释放了，我也很受打击，没有马上联系他……不知什么时候，谣言传得沸沸扬扬，大家都知道了。研一一定很难过，他也没有联系我。"

"我不敢主动问。"高村摆弄着膝盖上的手抓包，低头看着地板。

"过了很久我才给他发了短信，但是一直没有回复。我以为过段时间冷静下来他会联系我，所以一直在等，但他再也没有联系过我。不知什么时候他退学了，人也搬走了，没人知道他去哪里了，电话号码和电子邮箱都变了。他什么都不说，也不解释，就这么消失不见了。"

"也不找借口解释一下"表明高村不认为这是冤案。如果现在告诉她真壁是被冤枉的，她会怎么想？对真壁来说，连恋人都误会自己，他又该怎么想？

我有一种冲动想把事实说出来，但没有证据，不知道她会不会相信，又或是会引起她的反感，觉得真壁不够诚实。但是学姐什么都没说，我也不能随便乱说。

"刚听说案件的时候，我很生气，但还是希望他能好好解释一下。研一等于就是从我身边逃跑了，他可能觉得我会责备他吧。即使这样，也应该好好面对，毕竟我们是恋人啊。"

虽然语气不同，但高村和泽井说的意思是一样的。真壁大概没想到，如果说出真相她们都会相信自己。也许是因为流言蜚语在大学里传开了，他感觉遭受了朋友的背叛，所以谁都不相信。他决定放弃对他人的期待，自己主动离开，用逃避保护自己。

北见学姐冷淡地附和道："是啊。"

高村像是意识到自己有些失控，闭上了嘴，眼神迷茫。刚才学姐的附和让她冷静了下来。

"已经过去四年了，他还在因为这件事被恐吓吗？"

"还不确定。"

除了那个受害者，高村想不到其他可能。

"案件发生后，大学里也有很多流言蜚语，听说他家里也被扔石头，总之发生了很多事情。如果现在还是这种境况，不管怎么说都太可怜了，所以我才会同意协助你们。万一实施恐吓的是受害者，那就没办法了，也不好责备。如果我站在同样的立场，我也不会原谅他。"

高村一定也觉得遭遇了背叛：颇受欢迎的恋人突然在某一天因为性犯罪被逮捕，接着什么都不说就消失了，这种行为很难得到谅解。

如果真壁好好解释的话，事情会变成什么样呢？高村会相信他吗？事到如今也不可能知道答案，毕竟一切都没有意义了。

北见学姐既没有否定也没有肯定高村的话，只是简单说了一句"今天太谢谢了"就结束了谈话。

***

"您是大久保升平医生吗？"在 T 大附属医院的走廊上，学姐叫住了一个穿着白大褂的男人。

高村告诉我们，大久保升平白天应该在医生办公室，我们正要去往那里。只看了一眼侧脸就能认出，学姐的观察力真是太细致了。

男人转过身来，脸上露出一丝惊讶。

"打扰了，我叫北见。"

"我是木濑。"

"啊，我从高村那里听说了，你们是想问关于真壁的事对吧？"

他看着学姐，小声补充道："我没想到侦探是一位女士。"

"那边有可以坐的地方，我们过去吧，不过我的时间不多。"

"好的，谢谢。"

现在的大久保升平比照片上老了一些，原本就很瘦，现在更瘦了，双颊消瘦、颧骨突出，虽然他和真壁是同年级的，但他看起来更年长。

"我和真壁已经很久没有联系了，可能帮不上什么忙。"

"只需要回答我们几个问题就十分感谢了。大久保医生，您是真壁的同学吗？"

"是的，但我比他年长几岁。真壁直接考上了大学，我浪人[7]了好几年。"

我们到了医院的一个角落,这里有些像等候室,有沙发可以坐。

学姐拿出了笔记本,扭头朝向大久保。大久保好奇地看着她。

"听说你和真壁关系很好。"

"啊,是吧。其实只交往了两年多。我们是同一个研讨会,合得来的几个人就组成了一个小团体,会一起去旅行。"

"真壁是一个什么样的人?"

"什么样的人……嗯,他看起来不像是会做出那种事的人。我觉得他挺好的,因为我比大家年长,所以与我交往的时候,他也会考虑到这一点,但他尺度把握得很好,不会让我感到有距离。小组里也有人会因为年纪问题嘲笑人,但真壁从不给人这样的感觉,他很受欢迎。"

这和高村的评价一致。

高村说男性之间可能会有一些秘密,不能对女朋友讲,但大久保并没有提到异性纠纷。

"除了案件以外,关于对他怀恨在心的人选,你有头绪吗?"

"我和他也不是无话不谈的关系,不太清楚……他很优秀,什么都会,大家都喜欢他,也许这一点会遭人嫉妒。"

---

[7] "浪人"最初用来指代古代日本远离家乡的流浪者,或者失去工作的无业武士。后来引申为因为未能考上第一志愿,高中毕业后不参加工作,而是全力以赴参加各种补习班或者自学,准备第二年再考的学生,相当于中国的"复读生"。

"大久保医生，您是怎么样的人呢？"

学姐直截了当的提问让我大吃一惊。

出乎意料的是，大久保只是苦笑，并没有发火。学姐的询问方式不太客气，但他大概并不觉得反感。

"他高中毕业就直接考上了名校，他是医生的儿子，而且长得那么帅，我肯定羡慕啊。老实说，因为我知道自己和他差太多了，就算妒忌也没有意义，所以我们也保持了很好的关系。他是个好人……犯了那种罪的家伙，说他是好人，你们会觉得很奇怪吧。"

"你有没有听说过他在异性关系上发生过纠纷？"

"没有，完全没有，虽然他很受异性喜欢。"

这一点也和高村的说法一致。

"我真的什么头绪都没有，但我不是在包庇他。在我认识的人中，没有人怨恨真壁。"

大久保一边说着，一边低下头，表情变得有些阴沉，"但是，也许只是我不知道而已。我们之间的交情没有那么深，不仅仅是我，也许他和谁都没有交过心，那个案件就是一个很好的例子。当时大家都很惊讶。虽然我觉得他不是会做出那种事的人，但在他被逮捕的那一刻，我突然觉得也许我们真的不了解真壁这个人。"

"你那个时候很震惊吧？"

"是啊，可以说很失望。"

虽然强奸是很严重的犯罪行为，但也许对大久保来说，受害者是陌生人，所以他对案件本身没有什么特别的想法。他只是对于身边的朋友因为性犯罪被逮捕这件事感到震惊。他和高村真秀不同，对真壁并没有特殊的感情，所以也就没有悲伤和愤怒的感受。

对大久保来说，真壁是一个就算妒忌也没有意义、各方面都很出色的人。正因为他太完美了，从某种意义上来说大久保已经放弃了同真壁的竞争。现在，真壁犯下了卑鄙的罪行，大久保说自己感到失望，也许这句话没有经过深思熟虑，听起来有些不妥和薄情，但却是他真实的感想。

这一句话让我明白了大久保对真壁案件的立场，而且，他似乎也没有考虑过真壁可能是被冤枉的。

"真壁被逮捕的时候，你就在现场吧，他当时是什么样子的？"

"我们前一天熬夜到很晚，早上警察进来的时候，我睡得迷迷糊糊，不记得细节了。真壁好像很吃惊，他对我们说一定是哪里搞错了。他被警察带走后，后来又听说与受害者达成和解，放出来了。从那以后，我们就再也没见过了。"

将近四年都没联系，那他和真壁之间应该不存在利害关系。他们之间也没有怨恨，大久保不至于说谎。

"警察问过你关于案件的事吗？"

"有的。因为当天我也一起喝了酒……我们一共四个人。但是我比真壁先喝醉，所以也不记得真壁是什么时候回去的。"

突然，大久保的白大褂里传来了手机铃声。他拿起手机查看了一下，站起身来，"啊，医院给我打电话了，谈话可以结束了吗？"

"可以了，谢谢您。"

虽然只聊了十分钟左右，但占用了他宝贵的午休时间。

"耽误您午休了，真对不起。"

"没关系。"他摇了摇头，说道。

从他白大褂的口袋里，露出了营养补充剂的包装袋。

***

当时我们特意请高村转告了入江和石丸，如果方便的话也想跟他们聊聊，但是那天没能见面。

高村说他们中午休息的时候会在医院食堂，我们也去食堂碰了一下运气，但是没找到与照片上相像的脸。

"不会那么碰巧遇到的，下次再来吧。"学姐打算离开。

内科和外科的实习医生基本没有休息时间，所以碰不上也是正常的。今天能与大久保谈上话已经很好了。

"这附近有一家很有名的拉面店。现在已经过了中午，这个时间应该有空位。难得来一次，我们去尝尝吧。"北见学姐提议道。

我们回到车站，一起去了那家有名的拉面店。

也许是因为错开了午饭时间，所以不用排队，但还是有一半以上的座位都坐满了人。

我们并排坐在吧台座位上，点了招牌的叉烧拉面。

"如果今天三个人都能见到就好了，真遗憾。"

"嗯，他们说下周二的话应该没问题，所以周二再来吧。木濑君，你能一起来吗？"

"周二的话，我可以一起。"

学姐通过高村要到了入江的联系方式，了解了他们的大致日程。他们同意周二午休时在医院食堂跟我们谈话。

学姐拿了两只叠放在柜台上的玻璃杯，帮我也倒了一杯水。

"学校那边没问题吗？"

"必修课大多在上午，没关系。学姐，你这样经常来 S 县没问题吗？不会影响其他工作吧……"

"没关系。我来的时候会顺便帮其他人调查 S 县的房产或者人员，收取辛苦费。虽然 S 县不远，可以当天往返，但是有些律师和侦探会觉得自己特意跑一趟太花时间……我就会认领这样的任务，就像转包工作一样。这样一来，交通费也可以按案件数量平均分配，所以我们的调查费用也不会很高，放心吧。"

学姐真是太厉害了，把所有时间安排得非常高效合理。我原本还担心外县的调查这么多，费用和占用的时间过多，学姐的负担会不会很重，现在看来好像是杞人忧天了。

"让您久等了。"伴随一声气势十足的吆喝声，店员端来了两碗盛满了叉烧的拉面。

学姐干净利落地掰开一次性筷子，高兴地吃了起来。

她把脸颊边的头发轻轻拨到耳后，我看了一眼她那纤细的指尖，连忙移开视线。

学姐的耳垂露了出来，小小的石头耳钉闪闪发光。

"木濑君，感觉你应该不怎么吃拉面，你吃过拉面吗？"

"当然吃过，会和大学的朋友一起吃。"

"感觉你不怎么爱吃油腻的东西，会更喜欢味噌汤之类的。"

"怎么会有这样的感觉呢……我也会去快餐店。"我总觉得学姐对我的印象失之偏颇，难道是因为我喜欢用公文包吗？

"不过，我确实更喜欢和食[8]。"

"抱歉抱歉。"学姐笑着说道。

这拉面看起来口味重，但汤很清淡，是我喜欢的味道。

"这么说来，以前真壁哥也请我吃过拉面。在那之前，我从来没有在店里吃过拉面，所以当时觉得很新鲜。"

初中时第一次在外面吃的拉面是什么味道来着？是海鲜汤还是猪骨汤？面是粗的还是细的？我已经想不起来了。但是，那天的拉面很美味。

我想起当时真壁得意地对我说"很好吃吧"。在当时的我

---

[8] 和食即大和民族的饮食，通常指独具日本特色的菜肴。

眼中，真壁很成熟，其实他当时也只是和现在的我差不多大。

今天听到高村真秀和大久保口中的真壁，和我所了解的一样。他们也说真壁不是会遭人怨恨的人，即便如此，他们也从来没有想过冤案的可能性。

学姐瞥了我一眼，又把视线转回了拉面："赶紧吃，要凉了。"

***

我们再次赶往大学医院的食堂，里面挤满了人。入江和石丸就坐在入口附近的座位上。

入江有着一头卷曲的头发，戴着眼镜。石丸和四年前相比，除了发色好像变深了，几乎没有变化，一眼就能认出来。

院外人员也可以来这个食堂吃饭。北见学姐站起身走近他们，打了招呼。入江放下勺子站了起来。

"啊，您是侦探吗？是来问真壁的事吧。"

"是的，对不起打扰二位吃饭了。我叫北见，我们也可以边吃边聊。"

石丸一直坐着，一脸怀疑地看着我们，他面前的盘子里还剩下三分之一的咖喱。

"我听高村说真壁被人恐吓了，真是自作自受。"石丸冷冷地说完后继续吃了起来。入江从旁边拿来两把椅子，一边请学姐和我坐下，一边责备石丸道："不要这样说，没必要对他们二位生气。"

入江转向我们说道："真是抱歉。"

"没关系。"

看样子，高村已经把大致的情况转告他们了。

我们向入江道谢后，坐了下来，学姐转向了石丸。

"恐吓真壁的并不一定是四年前的受害者。我们想知道有没有其他可能怨恨他的人。"

石丸一边吃着咖喱，一边看向学姐。

"如果还有其他人因为怨恨真壁而有可能恐吓他，那我们就没必要特意去挖掘四年前的事情或接触受害者了，所以我们想先调查一下。请放心，即使寄恐吓信的是四年前的受害者，我们也不会把她的名字和地址告知真壁，侦探也有职业操守。"

石丸露出些许尴尬的神情，他放下咖喱汤匙，拿起塑料杯子，咕嘟咕嘟喝了几口水，擦了擦嘴后又拿起勺子。

"……有可能怨恨真壁的家伙？我不知道。他什么事都能做得很好，没有和谁发生过争执。"石丸说完后，舀了一大勺咖喱继续吃了起来。

"大久保先生曾说过真壁很优秀，可能会被别人嫉妒。"

"啊，有可能。即使嫉妒真壁，那他搬走后也没有理由继续恐吓了吧。从这点来看，我没有头绪。大久保那人可不简单，他喜欢高村，对他而言真壁算是情敌。他知道就算自己恐吓真壁，也不可能追到高村，所以两个人也就友好相处了。"

石丸把没有咖喱的白米饭和福神渍[9]混在一起，简单嚼了两三下就咽了下去。

"我也曾想过，为什么只有真壁那么受欢迎？我的成绩很好，可是教授更喜欢他。就算这样，我也不会做出恐吓那样低级的事情。"

石丸快速地说完又开始吃起来，好像在表示自己与真壁并不算朋友，现在只是在叙述很客观的事。

与高村他们相比，石丸对真壁的蔑视和厌恶感更强，他也完全没有想要掩饰。考虑到案件的性质，他有这样的反应也正常。

"入江先生，您也没有头绪吗？"

入江一直有些担心地看着石丸。当学姐主动向他询问时，他松了一口气，把视线从石丸转移到学姐身上——他已经吃完饭了。

"嗯，我想过了，可是也想不出来。我和真壁是在高中的补习学校认识的，所以交往时间比较长。从第一天认识他时就觉得他人很好。他是天才，所以不了解别人的辛苦，一生下来就什么都有，从这个意义上来说，可能会遭人嫉妒……还有，他有可能无法理解天赋不如自己，或者家境不如自己的人的想法，所以有时会给人无法沟通的感觉。但是他本质

---

[9] 福神渍是日本咖喱饭的必备酱菜，以萝卜、茄子、红刀豆、莲藕、黄瓜、紫苏果实、香菇和白芝麻等七种蔬菜为原料，用由酱油、砂糖和味醂混合而成的调味汁浸泡制作而成。

上是一个性格开朗的人，教养也很好，所以不至于会遭人怨恨。"

他可能是为了弥补石丸的冷淡，回答得非常认真。

"听说案发当天你也和真壁一起待到了晚上，那你是不是也被警察问过话？"

"是啊，警察问了我那天和真壁喝酒的事情……还有真壁平时的为人之类的问题，只问了一次。我回答的是晚上十一点左右解散的，那天真壁虽然喝了不少，但还不至于到走路摇摇晃晃的程度……警察还问了真壁喝的是什么酒，喝了几杯，我也回答了。关于他的为人，我的回答也和刚才说的差不多。因为真的没有任何预兆会发生那样的事。"

"我也是，警察问我真壁当天有没有什么奇怪之处，我回答没什么，就是像往常一样喝酒然后回家。"石丸吃完咖喱后放下勺子，插嘴说道。

"真壁被逮捕的时候，你们两个都在他家里？"

石丸点了点头，学姐又把视线转向入江。

两个人都点了头。

"那天应该是早上六点或七点，时间很早，大家还在睡觉。警察来的时候，我们还以为是真壁家的客人，所以都是半睡半醒，迷迷糊糊的。警察走进房间宣读了逮捕令，我们就完全清醒了。"

"真壁当时是什么样子？"

"和我们一样，一副不知道发生了什么事情的样子。"

"我不记得那么多了。但是,他被警察从房间里带走的时候,好像说过'我不知道,我不清楚'。"

"你是说他否认了罪行吗?"

"啊……但是,这算否认吗……一般都会这样说吧,特别是在父母面前,都会立刻矢口否认的吧。"

"否认"这个词有些严肃,石丸不是特别确定,他们不认为真壁在被逮捕时说的话有什么特殊意义。

"是啊。"学姐附和道,

听到学姐这么说,石丸才放下心来。

"真壁被释放后联系过你们吗?"

"我给他发过几次短信,但一直没有回信。"

"完全没有,他被逮捕后就没见过了……我也不想再见到他了。"石丸毫无顾忌地说道。

"虽然我们把他当好朋友,但是发生了那种事后,就不可能再继续保持接触了。强奸和虐待儿童是最低级、最差劲的家伙才会做的事。一想到曾经和那样的家伙做过朋友,我就生气。他还抹黑了学校的名声。老实说,我都不想看到他的脸。"

他故意选择了带刺的语言强调真壁是坏人,自己被骗了,是遭遇朋友背叛的受害者,就像是为了把自己抛弃友情的行为正当化一样。

"你跟谁说过关于真壁被逮捕的事情,以及从警察那里听说的情况吗?"学姐问道。

石丸的视线开始躲躲闪闪。

"我没有到处宣扬，但可能对关系好的朋友说过……有人说他是不是招惹了什么危险的女人，我就回了句'不是的，他是在公园里袭击了女生'……只说了这些。"

虽然石丸反复强调错在真壁，但是作为朋友，他传播扩散了对真壁不利的消息。对于这件事，他并不是没有罪恶感，现在他完全不敢看学姐和我，很不自在地回答道。

他又补充道："但是，不用我说，大家好像都知道了。"

学姐既没有责备也没有赞成，只是平静地一边记笔记，一边继续提问。

"你们有没有听过'冤枉'这样的说法？从真壁本人或者其他人那里。"

"没有……但他在被逮捕的时候说过，不是已经达成和解了吗？"

和解就是认罪，从石丸的反应来看，他从来没想过真壁可能是被冤枉的。

学姐停下记笔记，抬起头看着石丸的眼睛问道："谁跟你说案件已经达成和解了？"

我大吃一惊。

确实，之前我没有在意，但这是一个重要的问题。

已经达成了和解，这是只有当事人和律师、警察、检察机关在内的相关人员才能知道的事实，不可能有目击者。

如果真壁被逮捕后，他们真的没有联系过，那他们就没有机会直接从本人那里听到这个消息。

但为什么真壁认罪的事情被传开了？如果只是被逮捕而后释放的话，真壁也许就不会受到恐吓。到底是因为查明真相而被释放，还是达成和解（认罪）才被释放，无关人士不可能知道内情。

是谁传播了这个消息？如果有人特意查明并传播了这个消息，那这个人明显怀有恶意。

"是谁呢，我想想……我是在学校听说的，应该是某个学生。不知什么时候开始就传播开了，但最初是谁说的就不记得了……"入江绞尽脑汁想了好一会儿，但想不起来，最后只得寻求帮助似的看着石丸。

"我也不记得了……不是已经达成和解了吗？不是本人承认罪行并道歉了吗？"石丸惊讶地回答道，好像不明白为什么要纠结这个细节。

"是的，所以没有被起诉。"

"如果是事实的话，那么不管从谁那里听到都没关系吧？不过，我个人认为，即使道歉，也是不可原谅的。"石丸不快地皱起眉头。

"即使不被起诉，也不能否认他做过的事，被恐吓也是自作自受。说句过分的话，他应该把恐吓当作惩罚来接受，我无法对他抱有同情。如果受害者是我的亲人，我会一直追着他复仇。"

我什么都没说。

入江小声地说:"我倒不这么想。"

他并不是在批评石丸,只是脱口而出自己的心里话。他低着头,结结巴巴地继续说:"刚刚听说案件的时候,我觉得很过分,也无法替真壁找借口……同时,我也很悲伤、很遗憾。我所认识的真壁不会无缘无故做出那种事。我在想,如果当时我能注意到他有什么烦恼或者郁闷,能仔细倾听他的话,说不定就可以阻止惨案的发生。"

"我一直认为我们是朋友,但是我完全不了解他。"说完,入江闭上了嘴。

入江是在逮捕现场的三人中与他最亲近的人。但是,就连他也没想过真壁可能真是被冤枉的。

入江是想和真壁继续做朋友,如果当初真壁能坦白真相,也许就不会失去他这个朋友了。一想到这一点我就很郁闷,就产生一种冲动,告诉入江,真壁其实是被冤枉的。

但是,我没办法证明真壁是无辜的。事到如今,即便对入江说这是冤案,也不知道他会不会相信;况且就算他说相信,真壁又能否信任他?即使能信任,两个人也很难再回到以前了。

最后我什么都没说,和学姐离开了医院,向车站走去。

车站空荡荡的,只有我们两个人。学姐确认了时刻表,又看了看时间。

"你好像从没有说过真壁是被冤枉的。这次没说,和高村真秀谈话的时候也没说。"

在与真壁以前的朋友们见面后，我变得非常在意这件事。

"嗯。"学姐没有看我，"我们没有证据。如果有人相信是冤案而主动问到另当别论，否则大家会误会真壁为了达成和解而认罪，现在又说自己没做，让人觉得他没有反省，不够坦诚，这种行为更让人反感。不如将四年前的案件和这次的恐吓案分开，我们的目标是解决恐吓案，这样与他们谈话比较好。"

我能理解，毕竟所有人都没有拒绝我们的谈话邀约。但是，他们对真相毫不知情，这令人感到焦躁。

"高村和入江都相信真壁的为人，却不认为真壁是被冤枉的。如果知道真壁其实是无辜的，那两个人也会得到救赎，真壁也……"

"如果能证明他是无辜的，那当然很好。"

"……这很难吧？"

真壁因为冤假错案，现在还在承受痛苦，而卑鄙的真凶依旧逍遥法外。如果能查明真相，真壁和受害者都能得到救赎，一切都能解决。

"真壁被逮捕了，真凶依然逍遥法外，如果能逮捕到真凶的话……"

原本在看时刻表的学姐转头看着我。

"四年前的案件，很有可能是偶然犯罪。即使现在开始调查，证据也不可能保留。而且，当时如果有明确的证据，警察应该已经找到了，事态绝不会像现在这样。"

确实。

学姐说得对，我只得缄口不言。

也有可能强奸案的真凶是真壁的熟人，因为单方面怨恨真壁，故意在案发现场留下了他的商店会员卡。但是，我们没有调查到真壁有什么仇人。更有可能的是真壁碰巧在完全无关的强奸案发现场附近丢了东西，又和犯人的身高相似，再加上受害者的记忆模糊，种种巧合加在一起，造成了后来的一系列不幸。

想要在四年后再去寻找当年警察都找不到的真凶，这是不现实的。

北见学姐像是在顾及我的感受，继续说道："事到如今，也没有证据证明真壁是无辜的。告诉几年都没有联系过的朋友说他是被冤枉的，对方未必会相信。真壁也害怕面对曾经竭力想忘掉的伤心事，他也应该不想冒着风险跟他们再见。"

她说得对。真壁早就放弃了所有朋友。对于完全不知情的泽井，他没有说明情况就直接放弃了。他觉得一旦被人知道案件，最后谁也不会相信自己。

真壁说过他只有佳奈美了。我记得大学时代的真壁是多么受欢迎。而现在，真壁只能在对案件一无所知的未婚妻面前才能安下心来。

就这样放任不管肯定不对。虽然是真壁自己放弃的，但我还是无法接受，我也知道四年前的案件不太可能再翻案。

既然学姐这种调查专家说很难，那就不应该再固执地纠结于这方面。

而且，我委托她只是为了查明寄恐吓信的人。

"是啊。对不起。"

"没事。"

过去那个耀眼的真壁已经永远消失了，真是遗憾。

我们对于已经结束的事情无能为力，现在至少可以为了守护真壁珍惜的人做些力所能及的事情。

"真壁被释放后，达成和解的事情已经传得沸沸扬扬了，在这种情况下，他没有勇气说明真相。如果在案件发生后他有机会亲口说明，也许事情就会不一样……"

"是啊……"

石丸他们的做法也不能说薄情，毕竟骇人听闻的案件一定会引起热议。真壁当着邻居和同学的面被逮捕，事情传播开来不可避免。

但是，与受害者达成和解这件事应该只有律师、检察官等相关人员和当事人才知道。

"如果是有人故意传播已经达成和解，也就是说真壁承认了罪行的消息，也许是想给人留下真壁是有罪的印象。"

有人有目的地特意调查，故意传播了外人无法轻易得知的信息。

"如果是这样的话，应该不是原本对真壁怀恨在心的某个人偶然知道了和解的事情，而是散布谣言的人知道了案件后就一直留意真壁家人的动向，以恐吓为目的，拿到了内部信息……"

"那就更有可能是受害者泄露了信息。"

"啊，对呀。"

听到这里我吓了一跳，竟然忽略了这么重要的事情。受害者作为当事人，当然知道达成和解的事实及其内容。

我忘记是父亲告诉我的还是我在什么地方读到过：和解协议包括对和解内容的保密。但是，关于达成和解这一事实本身并没有必要特别保密，不会对此设置条款。即使到处宣传已经达成和解的事实，受害者也不会受到惩罚。

"但是也不能完全确定，也有可能是真壁父母把达成和解的事报告给了学校，然后某个学生偶然听到了这一消息，传播了出去；也有可能是学校工作人员说漏了嘴。"

学姐谨慎地列举了各种可能性，然后沉默了。她视线向下，抵住下巴，眯着眼睛，像是在整理思路。

"某个人原本就怨恨真壁，恰好碰上了他被逮捕这一绝佳的素材，就开始了恐吓，因此开始监视真壁的动向，这个逻辑是不是有些牵强？如果真的有人那么恨真壁，高村他们应该知道……也许有人会嫉妒真壁，但后来他被逮捕、退学，可以说已经完全失意……还特意调查他搬到哪里继续恐吓，这不合常理，当然也不是绝对不可能，如果高村他们没有统一口径的话。"

我一边听着学姐的分析，一边点头。听完学姐说的最后一句话，我不禁迷茫地看向她。她抬起头，苦笑着说："我只是在说可能性而已。"

"从高村说话的感觉来看，没有什么可疑的地方。每个人对于案件本身和真壁这个人都有自己的想法……但是，他们应该没有对真壁产生怨恨。"

说着，公共汽车来了。来的时候相当拥挤，但是回去的时候有很多空位。我们两个人并排坐在最后面的座位上。

"你是说，谈话的这些人中可能有寄信人？"

"嗯，有这样的可能性……我原本觉得高村是最有可能的：长得很漂亮，自尊心也很强。真壁明明在和自己交往，却强奸了其他女孩子，她作为恋人感到丢脸，有可能因为这个理由进行恐吓。实际上，她也十分在意这一点。"

车上的人很少，只有一位白发老妇坐在我们前面两排。北见学姐压低了声音说话，不担心被其他乘客听到内容。

"每当真壁在新的城市交到新的女朋友都会收到恐吓信，让人感到一半嫉妒、一半怨恨，怨恨他抛弃自己逃跑了，嫉妒他还能得到幸福。"

原来学姐想过这样的事？好可怕。

看到我吓得不敢动弹，学姐又苦笑了一下，说："可是我猜错了。"

"我只是在讨论可能性，你别这么害怕。结束谈话后，我反倒没有从高村身上感受到那种情感……其他三个人也是。除了入江以外，其他人都只跟真壁交往了两年半，不可能有那么大的仇恨。当然，他们每个人都有复杂的想法。"

"是吗……"

"这样的话,最大的嫌疑人还是四年前的受害者。这次谈话的目的本来也是确认有没有其他嫌疑人。"

我很赞同。这次谈话结束后,除了四年前案件的受害者以外,没有发现其他人对真壁有超乎寻常的恨意。

学姐说过,寄信人不一定是案件的相关人员,也有可能是一个本来就怨恨真壁但与案件无关的人做的,那人可能只是偶然知道了案件,然后将它当作恐吓的素材而已。

"如果寄信人是四年前案件的受害者……要想让她停止恐吓就必须向她说明真壁不是犯人,并说服她。"

"是啊,很难吧。"

"……对。"这比让高村和入江相信更难。如果不能找到真凶,很难能让她相信。因此,即使找到了受害者的住址,她也会拒绝谈论强奸案的话题。受害者无比痛恨真壁,如果拜托她停止恐吓,她不会听。

"说明情况后如果她能理解就再好不过了,如果她不相信,那就只能'说服',告知她'如果继续恐吓有可能会被起诉'。当然,不能让她与真壁直接见面,侦探没有代理权,找她谈话这件事,以后一旦被起诉也很麻烦,所以要请律师一同前往。"

公共汽车放慢了速度。坐在我们前面两排的乘客在文化会馆站下车了,距离我们下车还有两站。

学姐看我沉默不语,安慰我道:"我们有熟悉的律师,放心吧。"

"我先调查一下四年前案件受害者的真实身份。不知道下一封恐吓信是邮寄还是直接投放，如果是直接投放，就能拍下视频，也可以作为证据。"

"……是的，拜托了。"

如果有视频证据，就可以同对方进行谈判。我不希望受害者二次受伤。但是，也不能就这样放任不管。受害者也不知道真壁是被冤枉的。

我和学姐陷入了沉默。

车内广播响起，下一站就是我们要去的目的地，学姐按下了下车按钮。

6

与真壁的案件同时进行的出轨调查结案了，我前往与我们事务所多次合作的时雨律师的办公室递交报告，顺道还有礼物带给他。去S县见高村真秀等人时，我帮他调查了一直联系不上的人员的住址，拍摄了房屋外观、门牌、信箱、煤气表等。我每次到外县出差时，都会合理利用时间和交通费。

时雨正在接电话。我本想放下报告就回去，但他用手势向我表示马上就结束了，让我等他。

灰白头发的事务员把我领到一间空着的谈话室，给我倒了杯咖啡。

我在等待的时候，把随身携带的笔记本从包里拿出来，浏览着自己写的内容，梳理信息。

根据这些日子的调查，四年前的强奸案是真壁人生中唯一的污点，他并没有其他事情被谁怨恨，至少没有深仇大恨。信是四年前的受害者寄来的，这么想比较符合逻辑。现在首先要确定受害者。最可靠、最快的方法应该是盗取检察院的数据，但这是最后的手段。

"让你久等了，理花。"

敲门声响起的同时，门打开了，时雨走了进来。他只穿着一件衬衫，上面有些褶皱，看起来很忙碌。

"时雨律师，您辛苦了。这是松尾案件的报告。"

"谢谢，你的工作效率还是这么无懈可击。"

"这次是澄野主事的，他比我仔细多了。还有这个……"把用树脂封面装订的报告交给他之后，我又递给他一个大信封。

"这是您联系不上的那两个人的住所照片，两处都拍到了。两个人都没有搬家，信箱里也没有积压的信件。"

"谢谢，我直接向法院申请寄出附挂号信送达[10]。对了，

---

[10] 附挂号信送达是日本《民事诉讼法》第107条规定的手续，在法院寄出邮件的时候即视为送达。

我还想在 S 县的一家公司调查一件事情，现在说是不是太迟了？"

"没关系，我还会再去 S 县，详细情况请给我发短信吧。"

"你还要去？这样的话帮了我大忙了，但这样一来你会很辛苦啊。这次是调查跟踪狂，还是其他？"

"差不多是这一类的案件。"

事务员端来了时雨的咖啡，他在我对面坐下，跷起二郎腿，开始翻看报告。

"时雨律师，能请教您一些问题吗？"

"好的，问吧。"

时雨停止看报告，抬起了头，他喜欢听调查故事。他知道现实中的侦探不会像小说里那样解开谜团，但他从小就喜欢侦探小说，对侦探这个职业格外偏好。

"委托人之前曾因性犯罪被逮捕，并与受害者达成了和解，但是，目前不知道那个受害者的名字和联系方式。现在发生了一些事，想和受害者接触一下。"

"性犯罪的话，的确会向嫌疑人隐瞒受害者的信息，不仅仅是性犯罪，基本上受害者的名字都会对嫌疑人保密。"

"如果一方主张无罪，不知道对方是谁，也不能反驳，确实很痛苦。受害者应该知道嫌疑人的名字和联系方式吧。"

"如果是少年犯罪，通常不会把嫌疑人的信息告知受害者。不过，现在法律进行了修订，如果受害者问起来，还是会告知的。"

说着，时雨拿起了杯子。我的咖啡是用带茶托的杯子端过来的，而时雨的马克杯上印着二十多年前的恐怖电影海报画。他很怕烫，贴着杯子边缘吹了两三下后，才轻轻地抿了一口。

"特别是性犯罪，更会慎重地处理受害者的信息。在公共审判中也会考虑不朗读受害者的名字和住址，或者把相应部分的记录涂黑，受害者也很少出庭。如果嫌疑人否认犯罪事实，无论如何都需要受害者作证的话，则会采取屏蔽措施……总之，法庭会很重视保护受害者的隐私。"

"辩护律师应该知道吧？"

"当然。如果不知道受害者的住址和联系方式，就不能进行和解。"

"但是，"他继续说道，"辩护律师是否会将其告知委托人又另当别论。如果嫌疑人不知道受害者的姓名和住址，一般会将不把受害者的个人信息告诉嫌疑人这一条纳入和解条款中。有时也会掩盖受害者的姓名部分，让嫌疑人在和解协议上签字，或者由律师作为代理人签字，不让嫌疑人看到和解协议。"

"即使事情过去很多年也不会告知吗？"

"这关系到律师的从业资格，万一出了什么事……比如嫌疑人接触了受害者，这种情况律师就会被问责。至少，我是绝对不会告知的。"

于是，我放弃了向真壁的律师询问并请求公开受害者的信息，只能采取别的方法了。

我已经预料到这种情况，所以采取了措施。虽然木濑知道了可能会碎碎念，但是也没办法。

法律事务所的监管比政府机关宽松多了，更何况是已经结案了四年的案件。律师也快忘记这个案件了。在对方毫无警戒的状态下，应该可以比较容易探听到当时的资料。

"四年前的记录，会保留在事务所吗？"

"那要看具体是什么事务所了。如果是大的事务所应该会保留。小的个人事务所如果没有保管场所，一般会借仓库，虽然不会永久保留，但是四年前的东西应该还没有被处理掉。"

真壁的辩护律师中村律师也知道真壁在被逮捕时曾主张无罪。如果向他诚实地说明情况，也许他会觉得需要接触受害者。即使这样，他也不会把受害者的名字和地址告诉我或真壁。最好的结果就是律师会试着联系受害者，取得她的同意。但如果受害者是寄信人的话，根本不可能同意。

一旦说明情况，中村律师就会警戒，这样就很难展开行动了。所以，我没有选择向他说明情况。这样一来，如果要想了解事务所的内部信息，能想到的手段就只有一个。

"……看你的表情，这些都提前预料到了吧？"时雨一边喝着凉了的咖啡，一边饶有兴致地说。

"是啊。"我喝着咖啡，卖起了关子。

"我最近想做份兼职，正好看到有招聘，上周就把简历发过去了，马上就参加了面试，效率很高哦。"

仅凭这一句话,时雨立马就察觉到了什么。他夸张地抬起眉毛:"太过分了吧,你要去找别的律师了吗?"

"临时待段时间啦,请您谅解。"

中村康孝法律事务所位于 S 县,所以这段时间上下班会很辛苦,但是调查住在 S 县的人和房产就方便很多了。

时雨看了我一会儿,问道:"问过你好几次,别嫌我啰唆啊。你真的不考虑当律师吗?我觉得你很适合律师这个职业啊。"

这不是他第一次问我这个问题了,虽然我知道他是认真的,我也能感觉到他是为了不让我尴尬才故作轻松地提问。我也像开玩笑似的回应他。

"律师不能用这种偏门做法吧。对我来说,这种方法更适合我。"

"是因为不想被束缚吗?"

"是吧。"

被人肯定和期待让我很高兴,但我一定成为不了和时雨一样的人。我讨厌被法律这一绝对正义所束缚,而且我也不可能以正义的名义做事。

当年的我能毫不犹豫地凭着满腔的正义感行事,但现在我已经无法回到当年,也不想回去了。

"我的工作是找到真相,之后的事情就交给时雨律师您了,我可不想对别人的人生负责。"

我笑着对他说:"不好意思,我比较自我。"

"我知道了。"然后，他再也没说什么。

我突然想起了木濑。

总有一天，他会和他父亲一样成为一名检察官，他相信善良，坚持正义，从不有所怀疑。

从时雨的办公室走出来的时候，我正好接到了中村康孝法律事务所的来电——通知我兼职申请通过了。

                ***

四年前，受真壁父母委托的中村康孝律师的事务所是一家小型的私人事务所。中村律师是一位五十多岁的男律师，事务所里唯一的事务员是他的女儿，大概三十多岁。事务所并没有忙碌到需要增加人手，只不过是事务员想要更多的休息时间，这才发布了招聘兼职的广告。

我上班的服装和妆容特意比平时更成熟、更朴素，不管要求我做什么，我都会乖乖地回答"好的"。我告诉他们，因为自己平时还要上司法考试的补习班，所以一周只上三天班。

我的工作内容是接电话兼其他杂务。中村律师表扬我接电话接得很好，我趁机向他毛遂自荐："我还很擅长文件归档。"于是，仅仅两天后，整理文件的工作也交给我了。这家律师事务所的危机管理太松懈，真令人担心，不过正中我的下怀。

办公室右边的书柜里都是关于案件的文件。

每次中村律师安排我取出或者放入文件时，我都会打开柜门，装作若无其事的样子借机寻找真壁案件的文档。刑事案件卷宗统一用浅蓝色的文件夹放在书柜右侧，侧面写着委托人的名字和案件名称。我没有找到真壁的名字。也许就像时雨所说的，因为收纳场所有限，所以没有保留四年前的记录。

"文件好多啊，事务所成立以来的所有案件的档案都在这里吗？"我一边制作着标签贴纸，一边装作若无其事地问道。

好在我之前告诉他们自己正在学习法律，立志想成为一名律师，所以问一些实际业务的问题也不会被怀疑。

"还有很多呢，"女事务员笑着回答，"旧的放在仓库里了。"

"即使结案了也会暂时把文件放在事务所里保管一段时间。每年都会整理文件，所以这里只有近两三年结案的和正在进行的案件。"

也就是说，真壁的案件记录现在在仓库里。文件上写着委托人的名字，只要能进入仓库，找到记录就不难了。但是，问题的关键在于出租仓库的机制。如果只是借用了一个场地，有钥匙谁都可以进去的话，想办法拿到钥匙就可以了。如果配有仓库管理员，只有租赁本人才能进入，那我就没法偷偷溜进去了。

"仓库吗？我好想去看看啊。我也希望将来有一天能成为一名律师，接到很多案件，文件多到事务所里都放不下。"

"仓库在哪里呀？"我问事务员，她毫不怀疑地告诉了我出租仓库的大概位置。

以位置和"出租仓库"作为关键字在网上检索，应该可以确定具体位置。之后，调查一下仓库的机制，如果不需要密码和本人确认，而是使用钥匙开门的话，我就要想办法拿到钥匙……我在脑海里思考着接下来的行动步骤。

如果需要密码的话，我就只能找事务员或中村律师套话。

"这样看来，书柜也已经差不多满了。两年前的文件也可以搬到仓库去了。"一直默默地工作着的中村律师突然抬起头说道。

我差一点情不自禁地喊出声来，这真是心想事成啊。

"啊？是吗？"事务员一脸不情愿的样子。

我强忍住想举手报名的冲动，说道："如果可以的话，请让我也帮忙吧。我一直想看看事务所的仓库是什么样的，而且我也很擅长搬运重物。"我小心翼翼地说道，尽量不表现出急迫的心情。这样，用不着偷钥匙就可以堂堂正正地接近文件了。

"你真是个好孩子啊！"事务员高兴地说道。

中村律师也悠闲地说："那就拜托你了。"

这真是太顺利了，我忍不住在桌下摆出了一个胜利的姿势，尽可能不笑出声来。

中村律师租来做案件记录保管场所的地方，与其说是个仓库，更像是一个类似于储藏室的房间。这栋建筑物一共八层楼，全都是用来出租的房间。

中村律师租的房间在五楼。一排排相同颜色、相同形状的铁门上用白色油漆写着房间号，门上挂着数字锁。建筑物很新，不是卡片式钥匙也不是密码锁，而是数字锁，这有些过时。

没有监控摄像头，也没有前台。让一个刚进事务所的临时工独自一人去保管案件记录的仓库是不合适的，但对于这种毫无危机管理意识的事务所而言也是正常的。

终于可以找到了，我一边想着，一边开锁。打开门后，我用脚抵住门，把放在旁边的纸箱举起来搬了进去。如果木濑看到，一定会皱起眉头，觉得我这种姿势太不文雅了。

房间大概有八张榻榻米规模大小，靠着墙壁摆放着一排不锈钢架子，还有两排架子横贯房间，架子上面还有空间。我看了一下，从一进门左手边架子的最左端开始，文件按年代顺序仔细排列着，架子上贴着手写的标签贴纸，便于查询收纳的文件是哪一年受理的案件。谢天谢地，这样很容易就能找到目标文件了。

我打开纸箱，把新的文件立在架子上空着的地方，然后把空纸箱压扁，叠起来。因为接下来还要回事务所，所以待太长时间会被怀疑。

我转过身看向架子。

真壁的案件发生在四年前。我开始寻找。

幸好已经按年代分好了类，文件很快就找到了。淡蓝色的文件侧面写着真壁的名字。文件很薄很轻，没有诉讼就结案了，所以没有那么多要装订的资料。

第一张是拘留通知书的复印件。另一张纸上写着疑似犯罪事实要点。

"嫌疑人见到路过女性（十九岁），产生欲望，企图强奸。于平成■年■月■日零点十分左右，在S县N市S町三丁目公园内，抓住上述人员手臂等部位，将其拖至树丛深处，将其推倒在地，使用强制手段使其难以反抗，并实施强奸……"

这里没有提到受害者的名字。

里面还装订着几张纸，看起来像是中村律师在会见真壁时做的手写笔记。"没有前科、前历""完全否认""受害者是女大学生""不认识""遗失物品→在哪里丢的？""公园是近道（从车站到自己家）"……都是一些零碎的信息。"遗失物品"和"否认"两个词用圆珠笔画了好几个圈。

因为案件没有被起诉，所以没有任何检方资料，只有拘留通知书和律师手写的笔记。我按顺序翻阅着，确认了案件的流程。

真壁因强奸罪被逮捕并拘留；之后，律师和真壁的父母与受害者一方达成了和解，对方撤诉；真壁没有被起诉，而是直接释放。这与从真壁本人那里听到的一样。

和解协议装订在最后一页。除了要向受害者支付二百万日元之外，真壁还要从N市搬家，保证今后不与受害者接触、不泄露和解的内容，这些都是撤诉的条件。最关键的受害者的名字和住址被涂成了黑色。

我把文件放在地板上，用手机拍下全部页面后，给时雨打了个电话。

"时雨律师，我现在正在看刑事案件的和解协议还有拘留通知书。辩护律师的文件里，受害者的名字被涂成了黑色，这正常吗？"

他忙起来的时候是不能接电话的，这次只响了两声电话就接通了，我判断他现在是可以对话的状态，所以直入正题，

"一般交给辩护律师的那份文件，原则上是不会隐藏名字的……啊，性犯罪是吧。如果受害者本人有要求，有时也会隐藏个人信息。最终结果是达成了和解，那么辩护律师应该是询问了检察院，后来问到了名字和联系方式。"

"和解协议是辩护律师制作的，本来不是涂黑的，可能是辩护律师在给受害者看的时候涂黑了，有可能受害者不希望留下自己的名字。"

中村律师用这种方法保护了受害者的隐私。

我找遍了文件的各个角落，想看看有没有在笔记上留下联系方式，但是哪里都没有类似的记录。如果和解协议和手写的笔记上都没有名字，就只能向律师本人打听了。这是非常困难的。一个会出于保护受害者隐私而在相关记录中将对方个人信息全部抹掉的律师，不可能那么轻易开口。想从中村律师那里得到消息不现实。

如果去案发现场附近打听，也许能听到一些传闻，但是距离案件发生已经过去四年，希望也很渺茫。况且要打听的

话，现阶段的信息量还不够，至少需要知道受害者的大学名等信息作为调查的线索。

"由警察和检察机关取证的受害者的供述笔录上会写着住址姓名吧？"

"有。但是这个案件没有被起诉，因此只有检察院保留记录。"

如果起诉就会向辩护律师公开警察和检察机关的笔录，但真壁没有被起诉，所以在中村律师的仓库里找不到这些。也不是没办法弄到，但是要承担风险和费用。或者做好希望渺茫的思想准备，去之前的案发现场附近询问，或者花钱去找情报人员。我不想使用费用太昂贵的手段，还是和委托人商量一下吧。

我向时雨道谢后，挂断了电话。把文件放回架子上，拿着压扁的纸箱，走出了房间。

如果事务所的其他地方或者中村律师的电脑里有相关信息就好了，但不能期望太高。接下来要做的就是向真壁确认现阶段所知道的受害者的信息——当时她是一个十九岁的大学生——然后再考虑下一步的行动。但案件发生时，真壁本人被拘留了，实际上与受害者达成和解的是律师和真壁的父母，我不认为能从真壁那里得到更多的信息。

我把纸箱扔到垃圾场，离开了。

我一边确认保存在手机上的文件照片，一边思考。对于接下来要找谁我已经有头绪了，但是必须先询问一下委托人的意向。

7

北见学姐联系我说拿到了四年前的拘留通知书和与受害者签订的和解协议复印件。于是，课程结束后我马上赶到了事务所。

在谈话室，学姐给我看了打印出来的照片。她很抱歉地说没有时间复印，但是每份文件的文字都拍得很清晰，有拘留通知书、和解协议，好像还有律师的手写笔记。和解协议下写着真壁的辩护律师中村律师的名字和事务所的地址，盖着印章，在下面应该写着受害者的名字和住址，但是被涂成了黑色。

"我们现在知道了和解的内容，和真壁说的一样。这是拘留通知书的副本，没有发现与受害者相关的新信息。我想，中村律师事务所的资料全部都在这里了。"

"能拿到真不容易……你是联系了真壁哥之前的律师中村律师吗？"

"嗯。到昨天为止，我一直在他的事务所里工作。"

"什么？！"

"当然是用了假名字,因为他的事务所是所有保管信息的场所中门槛最低的了,而且一般不会被发现。虽然上班路上要花两个小时,很辛苦。"

这是我第一次听说。谎报身份在法律事务所工作,拍摄了保密文件的照片,还带了出来,而且完全没有和我这个委托人商量,也没有和真壁商量。我已经不知道该从何说起才好。但是,学姐很坦然。

"不用做到这个份儿上吧……正常操作不行吗?向他说明一下情况。"

"你认为律师会轻易泄露性犯罪受害者的信息吗?"

"这……"

"一定不会,所以从正面请求是没用的。而且,一旦告诉他我们想知道受害者的联系方式,他就会开始戒备。"

确实,不管怎么说,对方是个律师,一旦他提高了警惕就很难得到信息了。她的说法有一定道理,最好的办法就是一开始什么都不说,趁对方还没有戒备的时候行动。

"也许是吧……所以你做了卧底,从法律事务所拿出了案件记录?"

"没有拿出记录,只是信息而已。"

"信息就没关系吗?"

"信息不是财物,不构成盗窃,也不是以营利为目的盗窃商业机密,所以也不会触犯《防止不正当竞争法》。"

但也不是不触犯刑法就什么都可以做。

不过学姐所做的事几乎没有被问罪的可能性，她并没有非法访问律师保管的数据，只不过是偷看了保管的资料并进行了拍摄。中村律师甚至都没有注意到她拿出了信息。在他心中，学姐只是一个做了几天就不做了的临时工。并不是没人注意到就没关系，既然中村律师没有损失，而且学姐完全没有获得任何与受害者有关的信息，并没有造成危害，应该就没关系……可以这么认为吧。

我开始头痛起来。虽然从道德上来说好像不妥，但是在法律上似乎并没有问题，警察和检察机关都无法立案。

"总之，就是这样稳妥地拿到了信息，目前了解到的就只是中村律师是一个认真、诚实的律师。受害者的个人信息都被消除了。我本来还期待着能留下电话号码、便条之类的。"

学姐立刻把话题拉了回来，很明显是想让手段的事情不了了之。我也知道，既然事情已经发生了，也没有出现问题，即便再纠结是不是触犯了法律也毫无益处。

她慢慢抬起头，对比着和解协议和拘留通知书的照片。

"通过这个和解协议可以了解到和解的内容，跟真壁的记忆没有出入。关于受害者，我们几乎没有得到新的消息……只知道受害者当时是十九岁，以及犯罪时间和犯罪的详细情况……这也和真壁说的差不多，无法给我们新提示。"

"……是吗？"

我刚要问如果被发现了怎么办，显而易见，她会回答"不是没被发现吗"，所以忍住了没说。方法是否恰当暂且不提，学姐为了获取信息而做到这种程度，着实令人佩服。

我从摊在桌上的照片中拿起和解协议，想切换一下思路。

"如果辩护律师那里也没有，要得到受害者的个人信息就相当困难了。"

"是啊。从真壁和当时的辩护律师那里能得到的信息我们都拿全了，剩下的就只有盗取检察院的数据了……"

"请，请等一下，你刚才好像说了什么可怕的话。"

学姐打断了我的话，说："或者可以去问问真壁的父母？"

我闭上了嘴。

学姐认真地看着我，继续说："不知道真壁的父母对当时的事情还记得多少，他们也有可能完全不知道受害者的信息，所以不能抱太大的期待……但是和解的手续应该是律师和父母办理的，说不定他的父母也参与了和解谈判，也许能问到些什么。"

确实，对于当时的情况，他的父母应该比被拘留的真壁本人了解得更多。真壁可能不希望我们去问他的父母，但学姐说得对，现在只能问问他们了。检察院肯定保留了记录，但是盗取数据的费用很高，而且明显是违法的，考虑到风险，我还是想尽可能避免这么做。

我正在犹豫着，学姐的视线转向斜上方，用食指触碰嘴唇，故弄玄虚地说："嗯……还有一个方法，但要花点钱。我已经在调查犯罪记录的时候花了些钱，不想再花了……这个方法比从检察机关那里盗取数据难度低一些。"

"什么方法？"

"真壁的和解金应该是由中村律师保管然后支付给受害者的……如果能查一下四年前的汇款记录也许就能知道了。考虑到金额数目比较大，不可能用现金支付吧。"

"你是说调查律师的银行账户？"我不禁惊呼道，"银行的交易记录，别人能查到吗？那不是私人信息吗……"

"中村律师在哪个银行开过户、工作中使用的是哪一个账户，只要再继续打一段时间工，很容易就能知道。我还没有联系他们说我要辞职……只要知道账户，拿到交易记录不会太难，至少比从检察院窃取记录要简单。"

"……但是，这两个都是违法的。"

学姐既没有否定也没有肯定，只是歪头看着我，像是在问"不然怎么办"。

我没有问过她是怎么获取真壁的犯罪前科的，应该是使用了比盗取检察院数据难度低但也有风险的方法，恐怕还是违法的。现在她在征求我的意见，如果我不做出选择，调查就会停止。

只说漂亮话，事情是无法往前推进的。正当我因无法给出答案而苦恼之际，有人敲门。

"代理所长，有您的电话。是真壁研一先生打来的。"

"请转告他，我马上回电。"

学姐打开了谈话室的门，伸出了手。房间外的某个人把手机交给她。

学姐对我使了个眼色，然后点了几下屏幕，把手机贴在耳朵上。

真壁突然联系学姐，是发生了什么事吗？

"我是北见，听说您刚打来电话，有什么事吗？"她看向我，"现在木濑君也和我在一起。我们在房间，可以使用扬声器吗……好的。"

学姐用食指点击了一下，右手拿着手机，我看到屏幕上显示着真壁的名字。

"我已经打开扬声器了。现在房间里只有我和木濑君两个人……是寄信人打来的电话吗？"

"嗯，"真壁的声音从扩音器里传了出来，"不知道是不是寄信人，但我想大概是同一个。昨天我和佳奈美在家的时候，电话响了。我拿起听筒，听到一个男人的声音说'不要结婚'。我说完'别开玩笑了'，就挂断了电话。后来我才意识到，如果能再拖延点时间，就能得到更多的线索，但当时我太生气了。"

男人的声音。我和学姐对视了一下。

也就是说，恐吓的犯人不是四年前案件的受害者吗？

"是男人的声音吗？有没有可能是用了变音器之类的？"

"没有，是正常的男性声音。应该……不是机器的感觉，对方只说了一句话，我也不能十分确定。"

难道寄信人是一个与案件无关的男人吗？不，也有可能是受害者模仿男人的声音，或者有男人在协助她。

学姐把视线移回前方，继续询问："对方具体是怎么说的？'不要结婚'还是'请不要结婚'？"

电话那头的真壁沉默了一会儿："……嗯……好像是'千万不可以结婚'……我马上就挂断了电话，就只听到了这一句。"

不是"不要结婚"，而是"千万不可以结婚"，与最近一封信中直接提到的"罪犯"一词相比，攻击性变弱了。但形式从信件变成了电话，这是一个很大变化，行为升级了。

"这是你第一次接到对方的电话吧？"

"是第一次，所以接起电话的时候完全疏忽了。"他懊恼地说。

"之后过了一段时间，电话又打来了。当时我不在电话边，佳奈美接了电话……但是对方一言不发，马上就挂断了。佳奈美说是骚扰电话，所以一定也是他打过来的。"

"我明白了。下次再打电话来，你可以试着和他谈谈。如果可以的话，请录音。我们现在正在集中精力调查四年前的受害者，如果有什么发现的话，我也会联系您。"为了让真壁平静下来，学姐放慢速度说道。

真壁在电话里回答了一声"知道了"，比一开始冷静了很多。

虽然看不见真壁，但学姐还是轻轻地点了点头。

"然后……最好先把情况跟佳奈美说清楚比较好，你可以说因为误会被恐吓了，否则万一寄信人接触她，她可能会不知所措。考虑到安全,还是请她做好心理准备比较好。当然,这只是建议,最终还是由您来决定说不说。"

"……是的,我会考虑的。"

学姐挂了电话,放下手机,转向了我。

"对方也开始着急了。真壁没有主动放弃结婚,所以等得不耐烦了,也许会直接把真壁的前历告诉佳奈美,可能还会添油加醋,我们必须在那之前主动接触对方。"

这个可能性很大。危险已经开始慢慢逼近,真壁和佳奈美极有可能受到伤害。现在不能迷茫,不能坐以待毙。

"学姐,我见过真壁哥的父母。"我抬起头说道。

我下定了决心,选择了最稳妥的、至少不违法的选项。

"我去吧。真壁哥应该不想把事情闹得太大,所以先不告诉他的父母我们正在委托侦探调查,我先去问问看。"

***

我问了真壁父母的新住址,他的表情很复杂,但还是告诉了我。

真壁自从离开家后,也没有回去过。

重提四年前的案件对他们来说是很痛苦的事情,因此我的到访不会受到欢迎。对我来说,这不是一份轻松的工作。但是,比起带着作为侦探的学姐去,我更能让他们感到轻松一些。

真壁只联系了母亲映子，说我要去拜访她。为了不被拒之门外，他没有提前透露谈话的具体内容。

我根据手机导航到达了一栋高级公寓。用内线电话呼叫后，听到了一个女性的回应，门自动打开了。

"很抱歉突然到访。前些日子我又见到了研一哥……有一件事，无论如何都想问问您。"

我原本以为周六他的父母应该都在家，但是真壁的父亲不在，只有母亲映子来迎接我。

"好久不见，芳树，你变得这么优秀了。"一番客气的对话后，她带我来到了客厅，我递上了点心。上次打算送他父母的点心送给了真壁的邻居——那位喜欢八卦的女性，所以又重新买了一份。

她走进厨房，忙活了一会儿又回来了，口里说着"用您拿来的，不好意思"，她把我带去的点心装在盘子里，还端来一只画着花草的茶杯放在我面前，然后坐在了我的对面。她把托盘放在一旁后看着我："听研一说见到了芳树你，吓我一跳。他在这么短时间内连续打电话给我，真是少见。"

我一直在想该怎么开口，她主动发起了话题，真是太感谢了。

"我想不能突然冒昧前来打扰您，所以请他打了个电话……对不起，打扰您了。真壁哥……研一哥上次是什么时候跟您通话的？"

"大概是两周前吧。"

是北见学姐开始调查之后。

"那次他说什么了吗?"

"初春的时候,他曾经联系我说决定和恋人一起住,正考虑结婚。上次打电话问我有没有把这件事告诉谁……我回答说谁也没告诉。"

学姐曾问过真壁有多少人知道他订婚的事,他说过只告诉了同事和家人,大概是之后有些不放心,又向母亲确认。

"您对谁都没说吗?"

"对谁都没说。我本来打算等他们登记结婚,有了孩子之后再告诉丈夫的。"

"我丈夫和儿子的关系不太好。"说着,她落寞地低下了头。真壁也说过这样的话,自己和父亲已经好几年没说过话了。

我拿起茶杯喝了一两口后,鼓足勇气问:"是因为四年前的案件吗?"

映子抬起头来。

我知道,她不想提那起让亲生儿子成为嫌疑人的强奸案。

我忍住想移开视线的冲动,接受了她的直视。

"接下来我要问的事情可能会让您感到不愉快。但是,这都是有理由的。研一哥和我说了案件。关于这件事,他在跟我商谈……"

对于至今仍有人因为四年前的案件恐吓真壁这件事,我不知道该说到什么程度才好,所以只能含糊其词,想尽可能地隐瞒。

"您能告诉我当时的情况吗？为了研一哥……我知道您不想回忆这件事……"

她凝视着自己的茶杯，沉默了一会儿。

"……研一竟然对你说了案件，看来他非常信任你。当时的朋友在案件发生后都离开了，他很失落。"

她低着头，静静地说着。

"邻居也知道了，所以我们搬了家。因为丈夫工作的原因，我们不能去太远的地方，研一也去了外县，一个人在外面租房住。他想去一个没人知道自己的地方重新开始。"

"之后他又搬了家，住在了现在的城市。"她终于抬起头来和我对视，就像是为了让我放心似的，对着我微微一笑。

隔了几年来访，却是来问这种问题的，我做好了会被赶出去的心理准备，但她既没生气，也没不愉快。是因为相信我吗？也许察觉到我这么问是有理由的。我判断话题可以继续下去。

"事发后，你们有没有收到过恐吓电话或信件？"

"不是完全没有，据我所知，也没有连续几天都收到恐吓电话或信件，而且后来马上就搬家了。搬家后就完全没有出现这类情况了。"她双手捧着茶杯，用平静的语调回答道。

"因为在被起诉前达成了和解，所以案件的事没有传播到这一带，也没有听谁提起过案件的事。如果被起诉了的话，有可能会引起更大的骚动。"

真壁搬家后还是收到过几次恐吓信，所以对方似乎对真壁的家人漠不关心，只是执着地针对真壁本人。

"有没有与受害者约定过，搬家的时候必须把新的联系方式告诉她？"

"约定了不能接近受害者，就算我们想要联系她，也不知道她的名字和电话号码啊。"

果然，不仅是对真壁本人，对家人也隐瞒了受害者的信息。

假设强奸案的受害者及其相关人员是寄信者，他们如何得知真壁搬家后的新地址？如果想调查就一定有办法，雇个侦探也能调查到。

"听说受害者是未成年人[11]，和解的事是和她父母谈的吗？"

"好像是这样。和解是拜托律师出面的，我没有直接参与。"

"您有没有从辩护律师那里听说过什么关于受害者的信息？即使不知道名字，那知不知道她住在哪里，做什么工作？"

"律师说她住在N市S町，所以要把我们不能靠近S町、搬家后不能住在离S町很近的地方这些内容写进和解协议。"

我们已经知道受害者当时住在S町，寄信人也是从邻町N町寄来的信，因此这不能算是有助于确定寄信人身份的新

---

[11]日本之前的法定成年的年龄是20周岁，受害者当时19岁，因此还未成年。不过，日本政府内阁会议通过《民法修正案》，将法定成年年龄从20周岁下调至18周岁，于2022年4月开始施行。

信息。

"是吗?"

"啊,等等,这么说来,"她一副想起来了的神情,抬起头来,"有一次,我们和律师商谈的时候,有电话打过来……好像是受害者的父亲或是母亲打来的。通话的时候律师出去了,但是我们能听到一点声音……长野,我记得他说过长野这个姓氏。"

住在 S 县 N 市 S 町的长野,对于这个意想不到的收获,我不禁心跳加速。

"长野是受害者的姓吧。"也许不甚准确,但我完全没想到能得知受害者名字的相关信息。

我拿出手机,在写给学姐的短信草稿中,写下了受害者在案件发生时住在 S 町、姓长野。

"和解还顺利吗?因为相关条款发生过争执吗?"

"没有,对方好像也想早点结束……他们也说不想闹大。没听说他们对金额与和解内容表示过不满。"

受害者一方也接受了和解,这一点倒是与持续恐吓了好几年的寄信人形象完全不同。如果受害者是未成年人,和解应该由监护人主导进行,有没有可能受害者本人不希望和解?也许监护人不想把事情闹大因而选择了和解,实际上受害者本人并不同意,同时一直怨恨真壁,不能原谅他,想惩罚他,因此选择持续恐吓。

如果是这样,对她来说也是不幸的。一直憎恨真壁,意味着她自己也被困在四年前的案件里无法脱身。

"与受害者达成了和解这件事，您对谁说过吗？"

"只对家人说过，这种事不会到处乱说的，也向学校报告过。"

我们原本认为可能是受害者自己向学校泄露了信息，但不能完全确定。如果父母向大学报告过达成了和解的事，也有可能是学校的工作人员或者听到消息的学生告诉了别人。

"最后没有被起诉，我也认为当时选择和解是正确的判断。但是，您那个时候一定很迷茫吧。辩护律师应该告诉过您，研一哥坚称自己是被冤枉的吧。"

"……是啊。"

映子拿着茶杯沉默了一段时间，似乎是在整理思绪，之后慢慢地眨了下眼。

"从一开始，研一就一直说自己没有做过，我也觉得一定是哪里出了错，一旦发现搞错，他马上就会被释放了。但是过了几天也没有释放的迹象，律师也说会延长拘留，我越来越不安。"

也许是想起了当时的事情，她的表情变得更悲伤了。

"是的，我想起来了，"她轻声说道，"研一对律师说的话会经由律师转告我们，所以我们也大概知道调查的内容。我知道受害者和研一不认识，受害者也并没有指认他是犯人，是因为他有东西掉在现场，所以就被逮捕了。那个时候我和丈夫都认为，如果只是这种程度的证据，不会有问题的，只是碰巧研一的运气不好而已。"

"那个时候",这个说法听起来意味深长。

"后来发生了什么让您改变想法的事情吗?"

她皱着眉头,像是在强忍痛苦。

"随着调查的进行,刑警甚至开始问研一上学用的是什么交通工具。研一不解为什么会这么问,还是坦率地回答了。然后警察又问他有没有在电车或公共汽车上看到自己在意的女性后跟踪或埋伏……你知道这意味着什么吗?"

我默默地点头。这件事,我从他本人那里也听说了。

受害者和真壁乘坐的电车路线和公共汽车线路是一样的,对他来说是不幸的偶然事件,但对一开始就盯上他的警察来说,真壁很有可能是在电车或公共汽车上看上了受害者,并且有目的地袭击了受害者。

因为自己没做过的事情被逮捕、拘留,甚至被警察怀疑是有计划的犯罪行为,随着调查的深入,非但没有洗清自己的冤屈,还出现了越来越多对自己不利的信息。真壁应该察觉到了危机,他的家人也一样。

"律师说,因为目前还没有证据,所以拘留通知书上写的是他袭击了偶然碰到的女性。但是警察在考虑是有计划的犯罪。如果提起诉讼的话,可能会被判断为是跟踪狂实施强奸,研一会不会因为这个而被当作穷凶极恶的强奸犯抓起来?一想到这里,我晚上都睡不着觉。"

"所以就决定和解了吗?"

如果知道警察从一开始就认定真壁是犯人，根据这个判断结果倒推再收集相应的证据，作为家人当然会感到不安。即使相信儿子是无辜的，最终也会倾向和解。

但是，她慢慢地摇了摇头。

"虽然有些动摇，但那个时候还是没有做出决断，想着既然研一没有做，就不可能有决定性的证据。如果上了法庭，应该会查明真相……虽然很不安，但我觉得还是不能妥协。"

"因为这关系到研一的名誉。"她继续说道。

虽然已经好几年没见了，但我依然记得真壁的父亲一看就是个很认真的人，感觉和我的检察官父亲有些像。他一定也会为了正义和名誉而追求真相，不会选择为了免于被起诉而承认未犯下的罪行。

"您会烦恼也是理所当然的。"

我知道他们最终选择和解是为儿子的将来考虑，判断这是最好的选择。虽然他们很不安，还是坚持到最后一刻都选择相信儿子、尊重儿子的意愿。

听到我的话，映子虚弱地微笑着："话虽这么说，但我还是很害怕，如果被判有罪怎么办？我和丈夫商量了好几次，如果达成和解就能撤诉那还是和解比较好。当然，研一一直在抗拒。"

不管周围人怎么劝，只要本人拒绝就不能和解。不管家人和辩护律师怎么想，都不能强迫嫌疑人承认自己没有做过的事情进而同意和解。真壁本人自不必说，他的家人也非常烦恼。

"最终决定和解是?"

"再过几天就要决定处分的时候,律师联系我,说发现了对研一不利的新证据。"

映子喝了口水润了润嗓子,继续说道。

"那时候,律师第一次强烈建议我们和解。在那之前,他也尊重研一的意思,并没有强硬地建议和解……所以,我和丈夫也下定了决心,准备了钱,让律师说服研一和解……'说服'这个词很奇怪吧,那时研一应该也撑不住了。"

果然,除了掉在案发现场附近的会员卡以外,还有对真壁不利的证据。不知道是在逮捕后发现的,还是在逮捕前就存在的,只是辩护律师那个时候才刚刚知道。后者的可能性比较大。通常在逮捕前要进行细致的搜查。应该是搜查机关为了让真壁招供,最后一刻才亮出了底牌。

是人证还是物证?即使只有间接证据,如果数量足够多,法院的判决也会倾向于有罪。

辩护律师一直在犹豫应该战斗还是和解。

"真是一个艰难的选择,之后真壁哥被释放了,结果还是很好的。但是,受害者至今仍认为真壁哥是犯人……她和当时真壁哥的朋友们都在误会他。我在想,怎么才能解除这个误会……"

说着说着,我渐渐觉得自己的话太幼稚,太自以为是,太不现实。

案件已经过去四年，找到真凶、恢复真壁的名誉已经不现实。没有证据，只是空口说自己是被冤枉的，受害者也不会相信。

我能做的，只有尽我所能找到受害者，对她表示我的诚意，说服她停止恐吓。真壁自己恐怕也没有期待让受害者和以前的朋友们知道四年前的真相。他当然想恢复名誉，但不想忍受着痛苦去面对曾经的朋友们。

四年前，他已经受尽了伤害，他不想为了找回失去的东西再受伤。

虽然，喜欢真壁的人们都觉得被他背叛了，哪怕真壁也喜欢他们。

"我不知道自己能做些什么，但我相信真壁哥，不想他一直被误会。也许我太自以为是了，但我想做些力所能及的事情。"

我知道在没有证据的情况下想解开几年前的误会，让对方相信非常困难，即便如此，我还是想试试。

映子忍住眼泪，沉默了一会儿。

"……谢谢你。"

过了一会儿，她勉强挤出笑容。

"研一身边有芳树你这样的朋友……有一个能相信他的人，真好啊。但是，都已经过去了。你问我我就说了，但受害者应该不想再回忆起这件事了吧，就让这件事过去吧。"

"啊，但是……"

那样的话，真壁的冤案就一直不会平反。母亲应该是最希望儿子恢复名誉的人，没想到她会说出这样的话。

不仅是真壁，连他的父母都完全放弃了吗？我想说服她，可是刚一开口，就对上了她的视线。

原来如此。

在那一瞬间，我明白了。

明白了她话语间的意思，也明白了她的表情。

她也感受到了我的想法，用可怜的眼神看着我。

我感受到了真壁的绝望。

她也不相信儿子是无辜的。

***

我告诉学姐四年前案件发生时，受害者住在S县N市S町，姓长野。北见学姐说马上会调查详细情况。

"只要知道大概的住址和名字就能查到。不过因为是四年前的事了，可能进度会有些慢。"

总算可以进行调查了。学姐夸奖我立了大功，但可能是因为我的反应太冷淡了，她担心地问我"怎么了"。

虽然得到线索是好事，但是在谈话的最后，我得知了映子的真心，这让我心情沉重。我本来打算隐瞒，大概我的声音有些低沉，学姐在电话里都听出来了，是我疏忽了。

我说没什么，学姐也没有再追问。

挂断电话后我给手机充上电，仰躺在床上。剩下的就是等待学姐通知我调查结果了。

我呆呆地望着天花板，想起了初中时的事情。

在搬到 S 县，住在真壁家旁的时候开始，周围人都认为我将来会和我的父亲、祖父一样，从事法律工作，我自己也是这么想的。

但是，大概是初二的时候，我突然对这件事产生了疑问。我尊敬父亲和祖父，确实也想成为他们那样的人，但没有人强迫我当检察官。

小时候，在还不太了解检察官的工作内容时，出于对父亲和祖父的敬仰，我什么都没想就宣布长大要成为检察官。大家都理所当然地认为我会走上这条路，我自己也一直以这点为目标。但是有一天，我突然感到很不安，这样真的对吗？

这种不安也许没有任何理由，只是突然发现自己那所谓的"目标"是毫无根据的。我突然感觉自己想成为检察官的梦想非常幼稚，不知道自己还能不能像以前那样不假思索地说"我想成为检察官"。

我把这件事告诉了当时还是医学部大二学生的真壁，他认真地倾听了我的烦恼，然后说："我初中的时候也有过这样的想法。我爸爸是医生，所以我总觉得以后也会当医生，但不清楚医生的价值和辛苦……我也曾憧憬过医生以外的职业，像足球选手之类的。"

他对我说："没必要想得那么难。"

"人生还有很长的路要走,你就把检察官当成一种选择,你就想检察官也不错啊。如果在今后的人生路上,你发现了其他想做的事情,那就去做,没必要被束缚。工作啊、喜欢的人啊、喜欢的东西啊……你今后会发现各种各样的事物。"

真壁并没有笑我想得太多,但也没有过于严肃,他对我说:"如果你是因为不了解检察官,犹豫是不是要成为检察官,那就从现在开始查一下,或者请教你的父亲。如果查了很多、看了很多后还是想成为检察官,我觉得身边有榜样也是一种优势。"

他是医生的儿子,自己也进了医学部,他的话很有说服力。

"真壁哥,你是考虑了很多之后还是决定当医生吗?"

"现在是这样的。"

"但是你看,今后也许会有其他安排。也许突然有一天,我想组建乐队,可能会放弃大学,也可能会因为禁忌之恋而私奔……将来的事,谁也不知道啊。"

虽然我知道那是玩笑话,但他安慰我说我还只是初中生,后面还有很长的时间。我笑了,心情轻松了很多。

真壁已经忘记这件事了,我也是今天才想起来。在我心中,真壁至今仍是当年那个用笑容鼓励我的大哥哥。虽然他现在因诽谤而受伤,变得垂头丧气,但是我的脑海里始终铭记着他挺直脊梁的样子。

几年过去了,我进了法学系,真壁却退学了——不是出于他自己的意愿,而是被迫。

今天去见映子的时候，她对我说我变得优秀了，才让我想起了过去的事。

那个时候，我没有领悟她话中的含义，现在回想起来，说这句话的时候，她是不是想到了自己儿子本应拥有的未来？

我将从映子那里得到的信息转告给了北见学姐，但是没有对她说我与映子见面后的感受，我觉得这对于调查而言并不是必要的。虽然我知道自己一个人想这些也没有意义，但无论如何我都无法将这件事从脑海中拭去。

连父母都不相信儿子的无辜。

冤案本身就不应该存在，更何况，在无法洗清冤屈的情况下为了和解而主动认罪，一直背负着这样的罪孽生活下去，真壁的痛苦难以想象。即便如此，只要家人和重要的人知道真相且相信自己，真壁也不会迷失。但是，真壁始终是孤单一人。

映子说真壁和父亲的关系不太好。我住隔壁的时候，他们的父子关系应该还不错，大概是因为四年前的案件，关系才发生了变化。真壁的父亲不相信儿子，真壁本人不可能没有注意到这一点。

一想到那种绝望，我就心如刀绞。

即使是一直和他保持联系的母亲，虽然没有说出口，从心底也是不相信他的。如果辩护律师和父母相信他绝对无辜，他们就不会建议真壁和解了。

而且真壁最终同意和解，真的只是考虑到风险吗？是不是意识到就连辩护律师和家人都不相信自己，他才失去了继续战斗的勇气？这只是我的想象，如果真是这样的话，就太令人绝望了。

真壁放弃了与所有人的联系，想要在新的城市生活。为了逃离紧追他不放的过去，又到了下一个城市。对那些本应很理解自己的人，真壁没有做出任何解释，我似乎也明白了原因。

他尝试过，结果失败了。

他努力地向比谁都了解自己、爱自己也信赖自己的家人证明自己的清白，想让他们相信。如果连他们都不相信的话，那做什么都没用了，只剩下绝望。

我一直在发呆，不知道过了多长时间。

突然，我注意到手机振动，急忙起身拿起。

原以为是北见学姐，却看到屏幕上显示着真壁的名字。

他是从映子那里听说了什么吗？我小心地接通了电话。

"我是木濑。"

他的声音很平静："现在方便说话吗？"

我松了一口气："可以的，没问题。"

"真壁哥，对不起，没向你报告。我今天去你父母家问了些问题，找到了关于四年前案件受害者的线索，现在北见学姐正在调查。"

"这样啊。谢谢，你太可靠了。"

从他的声音里感觉不到烦恼或者紧张。但是在那之后，他陷入了沉默。

"真壁哥？"我变得不安起来，叫了他一声。

"嗯。"他似乎在迷茫。

又是一阵沉默。

"今天我跟佳奈美说了。"

我倒吸一口凉气。

即使不问也知道他说了什么。

"前几天，北见侦探对我说还是说一下比较好……我也是这样想的。在对方告诉她之前，应该由我先告诉她。不知道什么时候，佳奈美就会成为对方的目标，提前说一下，她也可以警惕起来……为了佳奈美的安全，说出来比较好，其实这些道理我一直都知道。"

也许是为自己的怯懦感到羞愧，他的声音中夹杂着自嘲。

"如果我说了真话，她不相信我，拒绝我了怎么办？她会不会离开我？想到这，我就一直说不出口。我一直知道，为了佳奈美，我应该说出来的。"

"但是我太害怕了。"

真壁的这句话让我的心里很不是滋味。

谁有权利责备他因为害怕失去而无法说出真相的自私？

害怕是理所当然的。

因为没有得到身边人的信任而失去一切，对真壁造成了多大的伤害。一想到这些，我就心中难过，哽咽难言。

"这也说明我不够相信佳奈美，我不相信佳奈美会相信我。但是，我最希望的就是她能相信我，我怎么能不相信她呢？所以……"

他慢慢说着。

"我全部都说了。以前曾因冤案被逮捕过，虽然和解后没有被起诉，但受害者或相关人员现在好像还在怨恨我，在给我寄恐吓信。为了消除误会，正在请北见侦探帮忙寻找对方。"

"佳奈美接受了我。"他的声音听起来很高兴，而且带着些许骄傲。

"佳奈美相信我，也原谅了我一直以来的隐瞒。她说知道了恐吓信的事情后，不会屈服也不会在意……她比我想象的还要坚强，我也吓了一跳。"

他早已放弃对他人的期待，不相信信任。对他而言，说出过去需要勇气。而且对方是他唯一珍惜的人，一旦说出来很有可能会失去她。尽管如此，他还是说了。

然后，她接受了真壁的坦白。

他再也不用放弃、再也不用逃避了。

"我打算下个月初与她同居。虽然不打算举行仪式，但我想举办一个小小的聚会，把订婚的消息通知大家。然后，我打算把结婚登记也定在同一天，希望芳树你和北见侦探也能一起来啊。"

"好的……那是当然。"

我的思路有点没跟上，回答得有些慢了，但这是一个可喜的消息。我慌慌张张地补充道："恭喜。"

事情还没有解决，真壁至今仍被受害者、朋友、家人误会，恐吓也在持续。但是，由于他向佳奈美坦白了过去，对方的恐吓已经没有了意义。最重要的是，他向最重要的人坦白了过去，对方也欣然接受了他，这无疑是一种救赎。

我觉得自己也得到了救赎。

"虽然还没有找到寄信人，但我觉得没必要束缚自己，即使这件事没解决也可以结婚，佳奈美也说要和我一起克服。"

我好久没听到真壁这么平静幸福的声音了。隔着电话，我似乎能看到他现在的表情。我感觉得到，他要勇敢地向前走了。

太好了。

现在真壁的身边也有了相信他的人，他想和那个人一起向前走。

"真的恭喜你，真壁哥。"为了能更好地表达我的心意，这次我非常用心地说道。

他有些不好意思地笑着说了声"谢谢"。

8

在四年前案发公园的步行范围内寻找一户姓长野的人家

并不十分困难。在澄野等人的协助下，几天后我就拿到了位于 S 县 N 市 S 町长野家的信息。如果不是四年前的事，应该更早就找到了。

长野家是夫妻两人和当时还是大学生的女儿三个人一起生活，几年前夫妻离婚了，妻子带着女儿搬走了。

"母女俩好像是回了东北的娘家，这是附近的阿姨告诉我的。"

吉井给我拍了一张挂着"长野"门牌的房子外观照片，房子很漂亮，应该是一个富裕的家庭。门牌还保留着，但房子已经卖出去了，现在好像没人住。

只要不是深夜跑路，没做户籍迁移，都可以很容易地调查到他们搬到了什么地方。总算可以在本周末的结婚聚会前接触到嫌疑人了。

"这个长野家的女儿，就是四年前的受害者吧。"

"是的，应该没错，年龄也对得上，当时住在那个区域、姓长野的好像就只有这一家。"

听说父母离婚后，女儿和母亲一起离开家去了外婆家，这让我更确信了。如果只是父母离婚，女儿不会辍学后跟着母亲离开。她具有不能待在这个城市，或者有不想待在这个城市的理由，这样想比较正常。

"终于要和嫌疑人正面交锋了吗？大小姐，你要去见她吗？"

"我跟你一起去吧？"吉井探出身子说道。

"不用，心领了。"

我把视线转向长野家的照片。

虽说是四年前的事，但去见的是强奸案的受害者，所以不能给人一种威压的印象，要尽量少说话。如果可能的话，我一个人去比较好。

"但是，寄给真壁的信是从 N 市 N 町寄来的吧，而且对方还会定期去真壁家。如果住在东北……"

"啊，强奸案的受害者等于寄恐吓信的嫌疑人这个前提本身就是错误的吗？好不容易查到了！"吉井发出惨叫。

"只是几年前搬到了东北，不知道现在是否还住在那里，也许又回到了 N 市，附近的人不知道她回来了也有可能。"

但是，她会特意回到让她痛苦绝望的城市吗？毕竟才过去四年。

怎么也说不通。而且如果受害者因为想要彻底逃离痛苦而离开 N 市，那案件之后她会一直追着真壁恐吓他吗？

"或者她在 N 市有协助者，那个人从 N 町寄了信？"

"也有可能，如果是那样的话，与其说是协助者，不如认为那个人才是主犯。比方说，不是受害者本人，而是她的家人。"

我一边说着，一边无意间瞥了眼自己的办公桌，发现与真壁家监控联动的应用程序发来了通知。这个应用程序只要拍摄到新的视频就会发来通知。今天早上真壁上班的时候，监控启动过一次，之后我就没再看过了。

"是短信吗？"

"是监控的应用程序,刚才监控好像启动了。"

我打开应用程序,发现监控大约十分钟前刚刚启动。

只要有移动的东西经过,监控就会启动,但这个时间真壁应该在工作。是佳奈美吗?或者是邮递员?

我打开视频:一个男人出现在画面上,身上的衬衫和裤子非常朴素,戴着帽子。男人的年龄在五十五到六十岁之间,看服装不像是邮递员。他从左侧进入摄像头的画面中,环视周围,好像在躲避别人的目光。他悄悄把一个信封投进信箱后就离开了,全程都拍得很清楚。

也有可能是受害者委托这个男人替她投放恐吓信。一般来说,恐吓行为很少有同伙。这个带着信来的男人就是打电话的人,同时也是寄信人,这样想是最直接的。

这个男人应该和受害者有某种关系。

我再一次播放视频,在男人的脸正对摄像头的时候按下了暂停键。

他很瘦,身材矮小,脸上带着一种担忧,表情并不凶恶。我看到他的脸后就放下心来,看上去并不是危险的人。

"吉井,长野家的女儿和母亲几年前搬走了,父亲呢?"

"直到最近,他都是一个人住在那所房子里,现在……请稍等一下……"吉井走回自己的座位,操作起了电脑。

我靠近他的桌子,看着电脑屏幕。

"长野荣治……现在好像还是住在 N 市。"

吉井的电脑屏幕上显示出了已经卖出去的长野宅邸的房

产登记簿——所有者长野荣治的现住所是 S 县 N 市 N 町。

果然是这样。

我们没有找到其他怨恨真壁的人，所以寄信人应该是四年前案件的相关人员。虽然最大的嫌疑人是受害者本人，但总有些不合情理的地方。一般来说，很多遭遇强奸的女性都会感到恐惧，希望尽快忘记这件事，很少有人能做到追着犯人实施恐吓。从受害者不想把事情闹大同意和解，在案件发生后又选择马上离开来看，应该符合这一逻辑。

也许，受害者的亲属不得不尊重本人的意愿接受了和解，却无法原谅犯人，于是花了几年的时间让对方赎罪。这种可能性更大。

案件发生时受害者只有十九岁，如果视频里的男人是她的父亲，年龄也对得上。

我让吉井把房产登记簿打印出来，然后回到自己的座位上，分别给木濑和真壁发了短信。我告诉他们监控摄像头启动后拍到了嫌疑人的影像，有可能是四年前案件受害者的亲属，名字和住址也已经调查清楚了，现在真壁家的信箱里应该有一封新的恐吓信。我给真壁发的短信里还加了一句话："如果佳奈美去他家，注意不要让她先看到信箱，最好趁她没看到的时候拿走信件。"

木濑告诉我，真壁向佳奈美坦白了自己曾因冤案被逮捕的经历，以及现在不断收到恐吓信的情况。话虽如此，真壁应该还是不愿意让恋人看到写有对自己不利内容的信。

真壁今天在工作，不知道此刻是休息时间还是碰巧没有客人，我刚发完短信，真壁就马上打来了电话。

收到了新的恐吓信、知道了嫌疑人的名字和住址，在听到这么重大的新闻后，真壁的声音却很平静，这让我有些意外。

我再次口头报告了短信中所写的内容："如果能确认监控录像中的人和受害者的亲属是同一个人，我会直接去找他谈话的……还有，关于今天收到的信……"

"啊，佳奈美今天回老家了，不会过来这里，所以没关系。但我还是有些在意，今天我会早点回去。"

"你回家的时候，我方便过去打扰你一下吗？我也想看看信。"

"当然。七点可以吗？"

"明白了。"

总觉得真壁的声音比以前更开朗了，是因为知道了嫌疑人是谁，案件马上就要解决了吗？还是因为向佳奈美告白后，心情变得从容了？

告诉他收到了新的恐吓信，他的心情也没有出现明显的波动，我放心地挂断了电话。

今晚去真壁家确认恐吓信的内容后，就要开始着手解决问题了。

吉井将写有长野荣治现住址的房产登记簿打印出来，放入文件夹交给我。我道谢后回到了座位上。

马克杯里剩下的咖啡凉了，我一口气喝完，又续上了新的咖啡。

我把冒着热气的杯子放在桌子上，然后拉开椅子，拿出化妆包，涂上唇膏。

在拜访真壁家之前，我还有几件工作要完成。

我给木濑发了一条短信，告诉他我今晚七点去真壁家。几分钟后，他回复说他也去。

***

我在七点整去拜访的时候，真壁已经在门口迎接了，木濑好像还没到。

真壁像是算准了我到的时间，提前准备了咖啡，我听到了热水沸腾的声音。他比之前见面的时候腰挺得更直了些，表情也变得开朗了。之前看起来很累，现在恢复了精神，也许是因为向佳奈美坦白后，消除了随时随地会失去恋人的不安。

但是，他只告诉了佳奈美自己曾因为误会被逮捕、被受害者怨恨和恐吓的事情，没有说出是强奸案。必须阻止寄信者接触佳奈美后说出过去的事情。

"今天有很多事情要报告……等木濑君来了后再开始吧。我可以先看看那封信吗？"

真壁点了点头，马上拿来了一个开了口的白色信封。

"这封信和以前的有些不一样……好像是寄给佳奈美的。虽然没有写收件人的名字，但是看了内容有些像，内容表达也很礼貌。"

"寄给佳奈美的吗?"

和邮寄的信件不同,信封上没有收件人的姓名。

我打开信封取出里面的信。这时,门铃响了。

木濑到了。

在真壁去门口迎接他的时候,我坐着看完了信。

和以前一样,白色的A4纸上印着一行文字:

不应该不了解对方就结婚。这场婚姻会让你变得不幸,请好好调查一下四年前的事情,请和家人商量一下。

确实,好像是寄给佳奈美的。

这与上次真壁收到的那封定罪信相比,给人的感觉完全不同。虽然没有明确说到真壁的前历,但提到了"四年前"这一具体时间,能感受到对方想要警告佳奈美的强烈意愿。

这么说来,真壁和前女友泽井玲奈交往的时候,信也不是寄给真壁,而是寄给了女生,内容也是暗示真壁的前历,劝其停止交往。如果对方的目的是孤立真壁,那么不寄给他,而是把信寄给恋人是可以理解的。但到现在为止都没有寄给佳奈美,真是不可思议。

"但是,为什么寄给佳奈美的信会寄到这个家里?"疑问刚脱口而出,突然我就意识到这所房子的门牌上写的是"真壁·井上",来投寄信件的嫌疑人——大概是长野荣治——应该早就看到了。

木濑和真壁一起走进客厅，我把打开的信递给了他。

"寄给佳奈美的信和快递以前寄到过这个家里吗？"我向正要走进厨房的真壁询问道。

"啊，偶尔会有……本来我和佳奈美也没有什么写信的对象，所以也就是她母亲会从老家寄东西过来。"真壁一边从杯架上拿杯子，一边转过头回答。

"之前我也说过，我和佳奈美原本是打算从上个月开始一起住。不过因为佳奈美的公寓手续和工作的关系推迟了……我们已经和双方父母和同事说了，所以之后也没有再跟他们说延迟了的事。"

这么说来，上次这个家里确实放着从佳奈美老家寄来的米袋。当时并没在意，一般情况下，即使是寄来让两个人一起吃也会寄给自己女儿，就连佳奈美的母亲也认为她住在这所房子里。

"尽管如此，因为佳奈美经常过来，所以也没什么问题。"真壁说着，把三只杯子摆在托盘上。

"那么，从你们两人那里听说过订婚消息的人都认为你们已经同居了？"

"大概吧。"

真壁店里的女店员也说真壁和未婚妻住在一起。

不知道长野是从哪里得到的消息，也许是雇用了侦探，他一定也是从哪里听说真壁已经订婚并开始同居了。他知道两人处于结婚倒计时的阶段,为了阻止他们结婚开始寄信。

"寄信人也一定认为真壁和未婚妻一起住在这所房子里。信的文体不一致,会不会是因为其中一部分是寄给佳奈美的?"

"啊⋯⋯"

"原来是这样!"

真壁和木濑同时说道。

"信上没有收件人的姓名,我自然以为是写给自己的⋯⋯"

"这么说来⋯⋯门牌也是写着两个人的名字。"

给真壁定罪、强迫他停止结婚的信以及担心、劝告的信简直就像是不同的人写的,其实不是写信人不同,而是收件人不同。

二人已经同居,也不知道谁会先看见信,寄信人考虑到了这一点,无论是寄给真壁还是佳奈美,两个人中谁看见都没关系。

写给真壁的信中没有明确写到关于强奸案的事情,大概是因为考虑到佳奈美可能会看到信。长野担心她被真壁欺骗,为了避免她受到不必要的伤害,故意将具体的内容写得比较模糊。如果佳奈美看到寄给真壁的信后一定会感到不安,还会对真壁产生怀疑。相反,如果真壁看到写给佳奈美的信就会明白有人知道自己的过去,这个人在劝告佳奈美,进而自己就会产生罪恶感和危机感。所以信中才用了这种含混不清的说法,这样一来就很容易理解了。

我想起了视频中长野那张充满担忧神色的脸。他想帮助佳奈美，他想匡扶正义。他不是危险人物，也不是不通情理的人。只要想办法让他明白这是个误会，就能稳妥地解决这件事。

"我还以为寄信人只是精神不稳定呢……"

"嗯，是有原因的。这就是寄信人。"我把视频播放给他们两个人看。

真壁把托盘放在桌子的边上，看着画面："……我不认识这个人。"

他用复杂的表情凝视着这个不断恐吓自己的人。他没有表现出愤怒，而是轻声说："他看起来不像是个危险的人。"

"听说四年前的受害者在几年前和母亲一起搬走了，不在N市。现在只有父亲住在N市N町。"

木濑走到真壁旁边，看着手机。真壁点击画面，再次播放了视频。

"他应该就是受害者的父亲，之所以不在信中写明具体的事情，而是委婉地催促真壁自己退出，就是因为担心佳奈美吧。"

因为她和自己的女儿一样，都是受害者。我没有说出口，但真壁应该都能明白。

对长野来说真壁是强奸犯，应该阻止他和佳奈美结婚。

真壁沉默了一会儿。"知道对方是这样的人，就不用担心他会伤害佳奈美了。只要明白这一点，我就放心了。"说完，他把手机还给我。

他微笑着开始摆杯子。

"其实，虽然这样说对你们二位不太好，但最近我开始想，即使找不到嫌疑人也没关系。佳奈美对我说不要在意恐吓信……不管别人怎么说，只要重要的人知道这些都是误会，只要她了解真正的我，不就好了吗？"

委托人对于正在调查的案件说出即使查不出结果也没关系，作为侦探来说，我的心情很复杂。看得出，真壁的心情平静下来了，他相信不管结果如何，自己的生活都不会改变。从这个意义上讲，这是件好事。他之前一直那么胆怯，担心如果又失去了重要的人该怎么办，现在的他简直与之前判若两人。

真壁苦笑着补充道："我在努力让自己这么想。"

"我只是担心会不会对佳奈美造成伤害，所以在清楚不会出现这种伤害后就可以停止调查。虽然查到了对方我很高兴，即使不能说服他，芳树和北见侦探也没必要在意。"

"只要知道他的身份就足够了。"他笑着说道，看起来并不是逞强。

确实，知道了对方的真实身份后，准确地说是在确认了监控图像中的男人是长野荣治后，作为侦探的本职工作就结束了。只要知道对方的真实身份，接下来怎么做都可以。根据今后对方的态度，可以交由警察处理，也可以告诉他我们知道了他的真实身份，这也能起到震慑作用。

"我明白了。当然,如果能向对方说明情况让他理解是最好的,如果他无法理解,我也会说服他今后不要再接近你和佳奈美。我会在尽量不刺激他的情况下试着找他谈一次,看看感觉再向你报告,如果有必要的话,我也可以介绍律师。"

"嗯,拜托你了。另外,后天的结婚登记和聚会我还是想按原计划进行……餐厅也已经安排好了。"

"当然。如果可以的话,我想争取在那之前把这件事解决掉。"

即使和长野荣治谈不成,也没必要推迟结婚登记和聚会。正如真壁说的那样,只要没有实际危害就可以不去在意,这样可以减轻自己的压力。向未婚妻坦白过去,让她接受才是最重要的。我感到真壁产生了前所未有的自信。

木濑说过真壁擅长社交,是群体的中心人物,现在的状态可能与他本来的样子更接近。

"明天我去拜访他一下,星期六上午在家的可能性也很大。"

"谢谢,拜托你了。"

听了我和真壁的对话,木濑提出:"我也想一起去,你是要去他家?但我星期六上午有课……我负责发言,所以不能请假,下课后我可以陪你去。"

"没关系,他看起来不是危险的人。"

"但是……"

"我不想让他产生戒备。一个女人独自前往他不会有压迫感。而且因为工作关系,我见过很多危险的人,这个人没问题。"

不是为了让木濑安心，这是我的真心话。

虽然长野不会欢迎我，但他一定不会对我这个与案件无关的人暴力相向。即使他恨透了真壁，也会考虑到不伤害佳奈美，所以他应该是一个有分寸的人。

再者，行动还是要快一点。聚会和结婚登记的日子定在后天。如果长野知道，很有可能会在那之前接触佳奈美，也就是说，留给我的只有今天和明天两天。

正如真壁所说，长野不会伤害佳奈美，但他极有可能会在结婚登记前联系她，告诉她真壁的过去。如果知道未婚夫是强奸犯，佳奈美会受到伤害。即便如此，长野可能也会觉得对佳奈美来说，这样比完全不知情就结婚更好。即使心里受伤，知道真相也更为重要。

恐吓虽然也有惩罚真壁的意思，更重要的目的是不让真壁的交往对象受到欺骗，阻止他们结婚。

"我相信他不会对女性施暴，我和他女儿的年纪也很近呢。"

"……我明白了。下课后如果来得及的话,我也会赶去那边。如果你感觉有危险，马上喊我。"

木濑很不情愿地让步了，但还是一副很担心的样子，好像明天真的打算跑到 S 县去。我心中暗下决心，要比预定的时间再早一点去，争取在上午把话谈完。

为了圆满解决问题，也需要一些权宜之计。如果对方不相信真壁无罪，我就会以对方目前相信的说法——真壁是强奸犯——为前提，对他说明利害关系。对于这种做法，木濑应该会抵触。比起和他在一起，我一个人谈判的选择自由度更高。

而且，不管真相如何，我要去见的是一个将真壁视作强奸犯且极度憎恨他的人。考虑到心理负担，我这个对真壁没有个人感情的人更适合。

"拜托北见侦探了，真是太好了。虽然还没有结束，但感觉就好像案件已经解决了似的。只要知道对方的身份就足够了，可以安心地登记结婚，多亏了你们两个。"

"谢谢。"真壁伸出手握住木濑。还没和对方谈判呢，太性急了。也许是因为马上就要结婚登记和举行聚会了，所以情绪高涨吧。

木濑也高兴地说："真是太好了。"

我也应该高兴。委托内容是查明恐吓的人，只要能见到长野，确认监控画面里的男人是长野荣治本人，我的工作就到此结束了。

说服他停止恐吓就像是附赠的服务。

之后不管和长野的谈话是否顺利，调查本身都算是结束了。而且，委托人对这个结果也很满意，所以工作很成功。

不知为何，我依旧心神不宁，有什么地方不对劲。

不安的气息、讨厌的预感，该怎么说呢？我也不知道这些感觉是从哪里来的，所以也无法说出口。我只能去见长野，通过跟他谈话再确认一下，希望是自己想多了。我一边这样祈祷着，一边握住了真壁伸过来的手，露出笑容。但我知道，我的第六感从未失误。

***

房产登记簿上写的地址是一栋单身公寓。

自行车停车场旁边的楼梯下有一个信箱，我确认了一下，发现二〇四号房间的信箱上贴着手写的"长野"二字。看来长野确实住在这栋公寓。为了向真壁报告，我拍下了公寓的外观和信箱的照片。

我走到二楼房间前，按下了门铃，但是没有回应，也感觉不到房间里有人的气息。

我将大门、门牌和煤气表都拍下照片后下了楼，决定在大楼外面等他。因为没有事先约定好时间，出现这样的事情也很常见。想查电话号码的话，马上就能查到，但是不事先联系而直接拜访，对方不会逃跑，能成功谈上话的概率会更高。即使被拒之门外，只要能确认监控录像中的男人和长野荣治的关系，也就完成调查任务了。

话虽如此，如果可以的话我还是想和他谈谈，至少可以搞清楚他是否执迷不悟到需要时雨出动。

我瞥了一眼手表，现在是十一点多。已经等了十五分钟了。正当我考虑是否等会儿再回来的时候，一阵脚步声走近了，我抬起了头。

一个身材瘦小的男人，单手提着一个超市袋子走了过来。他经过我面前的时候，我看到了他的脸，就是监控里的男人。

男人打开公寓的玻璃门走了进去，我追了上去。

他打开了二〇四房间的信箱，取出信件。直邮广告上的收件人写的是长野荣治。

他转过身，与我四目相对。

"您是长野荣治先生吗？"

"……你是？"他点了点头，反问我，眼神平静。

我犹豫了一瞬间："我是真壁研一委托的侦探。"

我选择简洁地说出真相，看看他的反应。

长野沉默不语，看不出内心有什么波动，至少从表面上看不出。

他的脸上既没有露出惊讶的表情，也没有问我"那是谁"，这就意味着他知道我为什么会来访。

没错，他就是寄信人。

他看起来能够冷静地说话，我放下心来。

判断他不会突然改变态度，没有暴力威胁，我下定决心继续说下去。

"准确地说，我是受他朋友的委托进行调查。我来是有事想问您，关于寄到真壁家的信件。"

在我提出"能不能和您谈谈"之前，他静静地说："我也想过，过几天可能会有人来。"

"请你这样年轻的小姑娘进我的房间也不太方便，我们找个有人的地方吧。那边有一家连锁咖啡店，如果可以的话，我们就在那里谈谈。请稍等，我把东西放下就来。"

长野向我示意了一下超市袋子后，走上了楼梯。不一会儿，只拿着钱包和一个薄薄的文件盒走了下来："走吧。"

他大步向前走去，表情镇定自若，既不像是一个恐吓犯，也不像是女儿被强奸的受害者。他说预料到有一天会有人来访，做好了心理准备，但还是显得过于平静了。他没有逃跑，也没有躲藏，仿佛在等待着这一刻的到来。我自称是真壁委托的侦探，真壁本应是他憎恶的对象，可是他并没有表现出愤怒和厌恶，而是很淡然，这一点很是奇怪。

"谈谈"是什么意思？是承认自己的恐吓行为？还是打算把真壁的过去告诉我，鼓动我对他进行谴责？

我不知道长野的意思，既然他说要和我谈谈，我也不可能拒绝。我只能尽可能地获取信息，在此基础上再考虑应对的策略。问题的关键是我能透露多少信息给他，这要先听听他是怎么说的。

如果观察一段时间，判断他不会发怒，也许最终可以请真壁一起前来交谈。

我看到了连锁咖啡店的招牌。悄悄地看了看走在前面的长野的表情，但我无法得到任何有用的信息。

"是您给真壁研一寄的信吗？"我边走边问。

"是的。"长野完全没看我，爽快地承认了。

他脸上丝毫没有害怕的样子，也没有试图为自己的行为辩解。他沉默了几步，先开了口。

"你对整件事了解到什么程度？信的事、过去的事、我女儿的事……"他是在问我是否知道真壁是强奸犯。关于真壁是否无辜，我还不确定，只能谨慎作答。

"我只知道记录上面写的事情。还有听真壁说过一些情况……所以，我也想听听长野先生您的说法。"

我们到达了咖啡店。因为是星期六上午，客人很少。我们在柜台下单后，挑了一个靠里的、不显眼的四人座坐了下来。

我把装有恐吓信的文件夹放在桌子的边缘处。

正当我思考该从何说起的时候，服务员端来了咖啡。也许是因为店里几乎没有其他客人，所以速度很快。服务员放下咖啡，拿起桌上的号码牌，说了句"请慢用"就离开了。

"四年前，是您在同真壁达成的和解协议上签名的吧。"确认店员走远后，我开口问道。

"是的。"

"是我签的名。因为佳奈美当时还未成年。"

"什么？"我以为我听错了，不禁脱口而出。

长野误会了我吃惊的原因，开始详细地解释起来。

"在案件发生时，我女儿还未成年。律师说，作为法定代理人，需要父母在和解协议上签名盖章。"

"我明白，不是，不是因为这个。"

他刚才是说佳奈美？是我听错了，还是同名同姓？

"您女儿的名字叫佳奈美吗?"

长野惊讶地问:"你不知道吗?"他打开了靠放在椅背上的文件盒,取出了一份文件,放在我面前。

这是一份看起来很眼熟的文件。不同的是,受害者的名字没有被涂黑。这是真壁和受害者之间达成的和解协议的原件。

下方有两个签名,一个是甲方签字栏的真壁的代理律师中村康孝的签名,一个是乙方签字栏的长野佳奈美的法定代理人长野荣治的签名。

9

我结束了学校的课程,一走出教室就查看了一下手机。现在这个时间,北见学姐和长野荣治正在见面。她没有联系我。如果有什么事应该会联系我,所以说明进展还顺利,但我还是有些担心。

学姐的经验丰富,协商交给她肯定是最好的,她的专业能力也不容我怀疑。但是,我就是没办法放下心来。

我决定现在赶去S县,去她附近看看情况。就在这时,手机突然振动起来,有电话打进来了。

不是学姐,是一个陌生电话。

我接通了电话，电话那头报出了一个意外的名字。

"我是真壁映子。"

客气的声音和说话方式很耳熟，是前几天我刚刚去拜访过的真壁的母亲映子。

我当时曾告诉她有什么事随时同我联系，然后把联系方式给了她。

"我是木濑，您好。"

"你好……对不起，突然打来电话。我有些担心……研一说他明天就要结婚登记了。"

我快步朝走廊的尽头走去，走到了一个安静的地方。她的声音很轻，有些难以听清。

"芳树，你现在在家吗？我想跟你说几句话……"

"我现在在学校，已经下课了，可以说话。"

"我在 M 站。我现在去你那边，能见面谈谈吗？"

"M 站吗？"

M 站是离我家最近的车站，从学校坐地铁过去大概十五分钟。映子从 S 县过来要花将近两个小时。她是为了见我特意赶过来的吗？那一定是有非常重要的事情要对我说。

"我明白了。我去您那边，您找个地方……对了，出了车站，东口有一家咖啡店，请您进去里面等我。"

我挂了电话，急忙赶到储物柜，把所有的物品连同公文包都放了进去，只拿着钱包和手机走了出来。

我原本的计划是去 S 县长野家附近，但现在不能把特地从 S 县赶来找我的映子丢下不管。她知道我的电话号码，却专程跑来见我，大概是有些话在电话里难以说出口吧。我想象不出来是什么事。现阶段，映子那里还会有什么新的信息吗？

平时我是步行回家的，这次改为坐公交车再换乘地铁。

我没有联系北见学姐。我本想是不是告诉她我要和映子见面的事，但也不知道映子会说些什么，所以决定先听听内容再说。

我出了 M 站的检票口，一打开咖啡店的门就发现了映子。她拘谨地坐在角落。

"让您久等了。"

"我才是，对不起突然来找你。"

我拉开对面座位的椅子坐了下来，向服务员点了一杯咖啡。映子的面前放着一杯红茶，但里面的茶几乎没有减少。

"首先恭喜研一哥……要结婚登记了。"

"嗯。"

她说了声"谢谢"，眼神中有一丝放松，但不像是为儿子结婚的消息感到高兴，更像是对我的关心表示感谢。

"我听研一说你也会去为他庆祝。他说打算和朋友、同事举办一场结婚聚会……他在电话里的声音变得很开朗。"

明明是值得高兴的事情，她却不知为何一脸歉意地低下了头。

服务员端来了咖啡，又在印有店名的茶托旁放上一小包牛奶和砂糖，然后离开了。

映子杯中的红茶已经没有热气了。

我也没有伸手去拿杯子，等了一会儿，她终于抬起了头。

"那个……还是我们前几天说的那件事。"

"嗯。"

"你说过正在调查四年前的事……"

"……是的。"

我不能说现在侦探正在与受害者的父亲见面，只能点了点头。

真壁受到恐吓以及请侦探进行调查的事情，我都没有告诉她，更不必说调查的进展情况。

真壁没有告诉她，我也不能主动说。

"关于那件事……研一也已经喜事将近，现在很幸福，所以我想，最好就把以前的事情忘了吧。如果他的未婚妻知道了会嫌弃他的……难得他现在能这么幸福，就不要再调查那件事了……你能为研一做这些，真是太感谢了。"

她伸手拿起已经完全凉了的红茶，但只是摆弄着杯子，没有喝。她似乎有些难以启齿，说得很委婉。说着，她抬头看了我一眼，又马上低下头，不与我对视。

虽然她没有说得很清楚，但是她希望我不要再调查了，不要再挖掘过去了。

她不知道真壁现在正在被恐吓，当然会疑惑为什么我会在这个时候重提早已经了结的案件，她希望我不要再管这件事，我能理解她的心情。更何况，她不相信真壁是无辜的，更觉得不应该寻找和接触受害者。

看着她现在的样子，我完全能想象得到，在来见我之前，她有多么烦恼。

但是，我的目的是制止恐吓行为，不能仅仅因为听到对情况一无所知的映子这么说就停止调查。

"请您放心，如果找到了受害者，我绝不会乱来，只是想试着跟对方谈一下，看看能不能消除误会……我不会让真壁哥和她直接见面，应对的时候也会很小心。"

这不是她希望的答案。她抬起头，不安地皱起眉头说："可是……"

"我不会影响他们结婚。真壁哥的未婚妻也知道他以前因冤案被逮捕，还是答应了和他结婚。真壁哥也说只要她相信自己就足够了。如果受害者也能明白真壁是被冤枉的，那他的心情就能更加舒畅……可以毫无负担地结婚了。"

听我这么一说，她沉默了。

"……是吗？不仅是你，他的未婚妻知道了这件事之后也相信研一吗？"她沉默了几秒之后，开口说道，音调有些变了。

我没有想责怪她或者她的丈夫打心底里不相信儿子的行为，但是，我的话听上去是不是会产生这样的误会？

我想要开口辩解，但映子并没有生气。她闭上眼睛，慢慢地吐气，重复着："是吗？是这样吗？"

"有相信他的人，是件好事。如果研一能和这样的人在一起的话，心情也会轻松些。太好了。所以，希望你不要再提起以前的事了。"

她的话听上去像是在细细品味这个好消息，又像是在反复告诫自己。

我突然感到不安，她到底知道些什么？

我知道她来是想告诉我调查是没有意义的，不要旧事重提，希望我不要再调查了。但是，她单程花费将近两个小时，特意亲自来见我的原因到底是什么？

映子拿起杯子喝了一口红茶，像是在强迫自己平静下来。然后，看着我，开口说："四年前，我们决定和解，就是为了让这件事能尽快有个结果，我害怕弄清楚事实真相。如果我真心相信他是绝对无辜的，也许就不会选择和解了。"

"……在那种情况下，谁都会感到不安。"

那个时候的情况太特殊了，即使是亲人，也会信心动摇。

这是我发自内心的感慨，但她或许认为我只是在安慰她。她对我说了声"谢谢"，嘴角稍微放松了下来，但表情还是痛苦。

"我和我丈夫一开始都相信研一，他是我们的亲生儿子啊。听说他被逮捕了，我们想一定是有什么误会……我丈夫也非常气愤。虽然研一有时会出风头，但我们都曾相信他不会做出伤害别人的事。如果能一直相信到最后就好了。"

她说"曾相信"，用的还是过去式。我吃了一惊。

上次去她家的时候，我就感觉到了，她也应该注意到了。尽管如此，听她明确地说出不相信儿子，我还是有些手足无措。

我拿起杯子喝了口咖啡，不知道该用什么样的表情应对她。

"后来，拘留的时间延长了，我听到了很多不好的消息，变得越来越不安……再后来，律师说有了新的证据。我还记得那个时候，我丈夫的脸色一下子变得惨白。

"那个时候，他一定觉得就是研一干的。"

映子的声音很轻，听起来很疲惫，最后几个字变得很模糊。我低着头听着。

"我也是。当然，我也想相信儿子，虽然我没有问过他是不是真的做了，但我并不是从心底相信他。研一从那之后再也没有回过家，一定也是因为感觉到了这一点。"

"……新的证据是什么？是物证，还是目击证言？"

连家人都开始怀疑他，这让真壁放弃了无罪的主张。我想知道压死骆驼的最后一根稻草到底是什么？最重要的是，为了向受害者说明真壁是无罪的，并让他们接受，还是确认一下比较好。这个信息北见学姐应该也不知道，如果是有用的信息，我想用短信通知她。所以我开口问道。

映子没有马上回答，我抬起脸，她直直地盯着我。然后，安静地回答说："是DNA。"

"在受害女性的……内裤上，检测出了研一的DNA。"

我惊讶得张大了嘴。她露出了一丝无力的笑容。

"律师告诉我们这件事的时候，我丈夫也是这样的表情啊。"

10

我反复确认和解协议上长野佳奈美这个名字。

太意想不到了。

这个名字虽然不能说特别稀奇，但也不是那么常见。四年前的受害者和嫌疑人真壁目前的恋人名字一样。有可能是偶然吗？

真壁说他不知道受害者的名字，其实他都知道，并且和同名的女性订了婚。如果是这样的话，那他的意图是什么？

冷静点。

我把目光从和解协议上移开，深吸一口气，然后吐了出来。我意识到自己的思路混乱了，也许从一开始就走错了。

不可能有这样的巧合。找一个同名的女人订婚也是不合逻辑的，两个佳奈美是同一个人，这个说法更讲得通。

但是，佳奈美的姓应该是井上……我突然想起受害者的父母离婚了。

"……井上是您夫人的旧姓吗？"

"现在是前妻，住在山形县。佳奈美几年前离开了家。"

果然是这样。

真壁的未婚妻佳奈美是四年前的受害者。然后，长野知道了这件事。

难怪他拼命想要阻止二人结婚，原来是为了保护自己的女儿。

为了尽量不伤害她，长野想用委婉的方式让真壁远离佳奈美。这是父母对女儿的爱。

正如我所想的那样，长野并不是危险人物。

我的目的是告诉他真壁是被冤枉的，请他停止恐吓，所以想和他谈谈。知道谈话对象是能好好说话的人，这是令人高兴的。

接下来就是向他解释真壁被逮捕是冤案，佳奈美已经知道了真壁的过去，还是接受了他。如果长野也能接受的话，问题就解决了。

但是，我不认为他会相信，毕竟就连我自己也无法相信。

强奸案的受害者和嫌疑人在互相不了解的情况下偶然相遇并坠入爱河。如果真的发生了这样的事情，只能说是上帝的恶作剧了。

如果不是偶然的话呢？

我突然感到口干舌燥，拿起了玻璃杯。冰水从喉间滑下，刺激得头脑也稍微冷静下来。

如果前提不同——真壁不是无辜的呢？

我并不是没有考虑过这个可能性，所以，今天才没让木濑一起来。

委托人不必和侦探一起经历整个调查过程、了解事情的全部。侦探只需要报告委托人想知道的事情和必要的事情就可以了。

更何况，这次调查的目的并不是查明四年前的真相。关于四年前的案件，现在已经无法证明无罪或有罪。问题是，应该相信谁。

不管真壁是无罪还是有罪，都必须说服长野停止恐吓。根据情况，我已经做好了思想准备，打算站在真壁有罪的角度，和长野进行对话。因此，木濑不在场更容易行事，没带他来是正确的。

真壁因冤案被逮捕，在不知道受害者名字的情况下达成了和解，四年后偶然遇到了受害者，并在不知情的情况下坠入爱河。我没有那么幼稚，相信这只是巧合。我也不像木濑那样盲目地相信真壁的人性。

真壁曾经说过，当时警察认为这是有计划的犯罪。木濑说过，真壁的母亲映子也说过同样的话。

真壁和受害者上学的路线是一样的，他见过受害者，确定了目标，在回家路上袭击了她。案件的结果以和解告终，到底有没有罪不了了之，如果其实这才是事件的真相呢？

如果真壁从一开始就认识佳奈美，并有计划地强奸了她；

如果他在那之后也执着于她，想办法找到她的住处，再若无其事地接近她呢？

他请我调查确实是因为想查明谁知道自己的真实身份并恐吓自己吗？他最初不愿意调查，是因为害怕被人知道自己的真实身份吗？

如果是这样，真壁绝对不是木濑所想的那样的人。

他不只是强奸犯，还非常有心机。

我们问过的所有人都说他看起来不像会犯罪，那个有教养的、待人接物很好的优秀青年，这一切全部都是演技吗？他告诉我和木濑自己是冤枉的，难道这也是假的吗？

一个完美地欺骗了周围所有人的男人，竟然不惜撕破伪装的面具施暴，之后又花几年的时间再次与曾经的受害者接触，直到订婚，这种执着让人后背发凉。

如果被这样的人盯上了，满心只剩下绝望吧。

更何况佳奈美在四年前遭遇了强奸，已经受到了严重的伤害。如果她好不容易才克服了这件事带给她的心理阴影，却得知下定决心结婚的对象是曾经强奸过自己的犯人，也许从此以后她不会再相信任何人了。

我理解了长野无论多么担心她，都犹豫着不让她知道真壁真实身份的理由。

未成年人在遭到性犯罪的情况下，作为法定代理人的父母与犯人一方进行和解交涉，完全不让孩子参与，这并不稀奇。为了让她尽快忘记这件事，也许长野没有给她看和解协议，也没有告知她犯人的名字和身份，所以佳奈美什么都不知道。她不知道未婚夫的真实身份，但是父亲不会忘记那个恶人的名字。父亲听说女儿要结婚的消息，听到了名字，在惊吓之余调查了真壁，知道了女儿的未婚夫和四年前的犯人是同一个人。

他决定匿名写信，想办法在不伤害女儿的情况下让两人分手。

这时，我的手机振动了一下，收到了一条短信。我拿出来一看，是木濑发来的。

在一句关心我的话之后，他简短地写了自己与真壁的母亲映子见了面，四年前的案件中，在受害女性的内裤中检测出了真壁的DNA。

这是决定性的证据。

木濑知道有这样的证据，内心不可能没有波动，但从他简单的文字中，暂时看不出他的情绪起伏。我明白他是有意识地克制自己的感情，只写了必要的信息。

于是，我也冷静下来。

"这边没问题。结束后再向你报告。"我也简洁地回复了木濑，然后转向长野，说道："不好意思。"

长野摇了摇头："你不知道佳奈美是我的女儿吧……她是四年前案件的相关人员。"

"作为侦探真的很不好意思，我没有留意到。因为受害者的名字在记录上被隐藏了。"

因为这个冲击性的消息,我之前准备好的要对长野说的话全部都被打乱了。

我深呼吸后,整理了一下思路。从哪里开始说才好?还是先从准备好的事情开始吧。

我从放在桌上的文件夹中取出了真壁收到的信。没有扔掉,保留下来的只有三封。我把其中最早的一封信放在长野的面前。

"这封信是您写的吧。"

信上写着"请终止结婚。你一定会后悔的"。这封信是我第一次去真壁家的时候看到放在信箱里的,也是我看到的第一封信。

长野瞥了一眼信后,点了点头。"是的。这大概是第四封还是第五封吧。我是邮寄过去的。"

正如他所说,这封信装在一个盖有邮戳的信封中,放在信箱里。

"为什么有的信邮寄,有的信直接投放,是有什么原因吗?"

"第一封信是我直接放进信箱的。我听说佳奈美和未婚夫一起生活了,有些担心就去看了看。那个时候,我看到姓氏门牌上写的是'真壁'……吓了一大跳。我本以为只是偶然,等真壁回家后,我看清了他的脸……我才知道了佳奈美在和谁一起生活。"

四年前的案件发生时,长野代替佳奈美在和解协议上签字，他知道和解协议上写的犯人名字。真壁的相貌则应该是当时在哪里见过，或者看过照片。

当他知道自己的女儿和强奸犯是恋人时，他的绝望无法想象。尽管如此，为了不让佳奈美受到伤害，他只能寄去那几封内容重复的信。

"我知道佳奈美打算结婚了，想着必须要想办法阻止，于是当场写了信，想投进信箱。但又担心笔迹问题，就去了附近的网吧，用电脑写了信，打印出来后投进了信箱。'我知道你是什么样的人，这样的婚姻是不被允许的'……我是这么写的。"

"那是第一封信吗？"

长野点了点头。

真壁说在和佳奈美相遇，搬到那所房子前，也收到过恐吓信，那是其他人寄的吗？虽然我有很多疑问，但没有打断他，打算先听完他的话再说。

"之后，大概一个月后，我得知两个人还住在一起，就写了第二封信。这次是在家里电脑上打印出来的，写的是'骗一个不知情的人结婚，只会有不幸的结局，醒醒吧……不要结婚'，然后直接放进了信箱。第三次大概是在两周后。语气稍微强烈了一些，写的是'要是你有良心，就不要结婚'。"

考虑到内容和时间，应该是木濑在卧室里发现的那封信。这是第三封。

"之后又过了不到一个月，我坐立不安，又写了一封信。

我写的是'不要结婚，两个人都会变得不幸'。"

这封信是真壁在犹豫是否委托侦探的时候收到的，是第四封。我第一次见到的实物是第五封。

也是第一封通过邮寄寄来的信。

"前四封信都是直接投放到信箱里的，为什么从第五封开始变成邮寄？"

"我在投放第四封信的时候，差点被人看见……所以，我有些害怕。我担心如果太频繁地在附近徘徊会被人怀疑。"

听起来不是什么大不了的理由。我们因为信中的内容不同、投放的方法不同，一一深究理由，害怕寄信人的情绪不稳定，现在想想这些担心都是多余的。

"但是，之后又变成直接投放了，最后一封信也是。"

"嗯。我去看看情况，顺便投放，正好那个时间段没有人。"

我把咖啡杯移到桌子边上，把保留下来的三封信按照收到的顺序从左往右摆在桌子上。

"请终止结婚。你一定会后悔的。"

"不可能有女人知道你是罪犯还想和你结婚。"

"不应该不了解对方就结婚。这场婚姻会让你变得不幸。请好好调查一下四年前的事情。请和家人商量一下。"

只有最右边的第一封信是邮寄，剩下的两封是直接投放。我把信封也摆在每封信的旁边，突然意识到了其中的矛盾。

并排的三封信中，第一封和第三封用礼貌的语调写着"请终止""请调查"；左边的第三封信是由长野本人直接投放进信箱的，被监控录下来了。但是，右边那封第一次邮寄到真壁家的信中，也用礼貌的文体写着"请终止结婚"。可是，这封信明明是邮寄给真壁的。

虽然直接投放的信封上没有写收件人的名字，但是邮寄来的信封上写着地址和收件人的名字。装着第一封信的信封正面，清楚地写着收件人是"真壁研一先生"。

我与木濑等人提出的假说不成立。当时我们推测，恐吓信的文体有时粗暴、有时礼貌是因为收信人不一样，类似恐吓的信是写给真壁的，用礼貌的文体写的劝告信是写给佳奈美的。我竟然忽略了这么简单的矛盾，真是羞愧啊。

难道文体的不同也没有什么大的意义吗？本人就在眼前，还是向他确认一下比较快。我抬起头，刚想直接问他，

"这是什么？"长野用手指着放在正中间的那封信，皱起了眉头。

"不可能有女人知道你是罪犯还想和你结婚"，第五封信中用了礼貌用语，这一封又回到了原来的状态，而且攻击性变得更强。

我把信放在长野面前。

"这封信也是直接投放的吧，是倒数第二封。"

长野目不转睛地看着这封信，默默地读着，然后摇了摇头。

"这封不是我写的。"

一时间，我竟然反应不过来了。

"……请稍等一下。"我停顿了一会儿，整理了一下思绪。

"您不知道这封信吗？"

"不知道。我没有寄出这样的信。"

我没有预料到这个答案。

寄信的是长野，但这一封不是他写的？也就是说，如果长野说的是真的——现在撒谎对他没有什么好处，所以应该是真的——那就是有多人持续恐吓真壁，并且没有互相合作。

但是，这封信的内容明显暗示了真壁的过去。

"这两边的两封信是您写的吧。"

"是的。我刚才说过，除了这两封以外，还投放了几封。"

"给真壁……和佳奈美吗？"

"是的，给他们两个。"

只有中间的一封不是？那寄信人是真壁住在S町的时候恐吓过他的某个人？

"在真壁和佳奈美订婚之前，您有没有给他在K县交往的女朋友寄过信？"

"没有。这次……是我知道他和佳奈美要开始同居后，才开始写信的。"

也就是说，给泽井玲奈寄信的是这封神秘信件的寄信人？好不容易找到了寄信人，本以为调查要结束了，没想到还有一个人。好不容易找到了长野，如果不是共犯，又要重新调查了。

我有些沮丧，但只能在心里鼓励自己振作起来，先解决长野的问题。现在必须要确认哪些恐吓是长野所为，才能找到调查"另一个人"的线索。

"您有给真壁家打过电话吗?"

"是的。马上就被挂断了,没能说话。"

也就是说,调查电话的发信源也无法找到"另一个人"的信息。

长野不知道的信只有一封。如果电话也是他打的,那么最近的恐吓几乎都是长野所为。

"信上说不清楚,所以您有了危机感,打电话了,是吗?您不确定想传达的事情是否传达给了想传达的人。"

"是的。我寄信后,两人也没有停止交往的迹象……不知道是没看到信,还是认为这是恶作剧而没有理会。我打了电话后有些害怕,就没再打了。"

大概是担心佳奈美会看到寄给真壁的信,或者真壁会把寄给佳奈美的信销毁,所以想换成电话。事实上,写给佳奈美的信也在佳奈美看到之前被真壁拿走了,并没有到达佳奈美的手里。电话可以确认接电话的人是谁之后再说话,可以更准确地把信息传达给对方。

不对,这很奇怪。

我一边想着,一边又意识到了矛盾之处。

真壁说打来了两次电话。其中有一次是佳奈美接了电话,但对方沉默地挂断了,佳奈美认为那是一个骚扰电话。

如果长野想告诉佳奈美真相,在她接电话后什么都没说就挂断了,这很奇怪。长野从一开始就没有打算告诉她真相。

如果亲生父亲想提醒女儿有危险的话，除了匿名信和电话，应该还有其他很多方法。

不想伤害佳奈美，他可以隐瞒令人震惊的事实，拐弯抹角地写信——如果还不行，他还可以直接见面交谈。如果把事实真相清楚地告诉她，佳奈美应该会离开真壁，父亲说的话她应该会听。

知道真相，她会受到很大的伤害，但总比什么都不知道就嫁给强奸自己的人要好。

还是说，事实不是这样？

如果受伤到无法再振作起来，还不如什么都不知道，一直相信自己是幸福的。长野是这么想的吗？

"您为什么要匿名呢？您没想过把佳奈美叫出来直接和她说吗？"

长野是期待着真壁读了信后自己放弃，或者佳奈美感受到了威胁，然后在不知道理由的情况下取消婚约吗？如果想让她放弃结婚，说出真相是最稳妥的选择，难道从一开始他就没有考虑过这个选项吗？

"我没想过。"

"以前发生过一件事，我和妻子女儿约定不再接近她们，作为她们不告发的条件。所以我的立场决定了我不能接触她。"

"告发"，这个词让人感觉到危险。他做了什么被自己女儿和妻子告发的事吗？坐在我面前的长野看起来不像是个有暴力倾向的人。

父亲被禁止接近女儿，即便如此还是担心女儿，听到女儿的结婚消息坐立不安。我刚想说"如果是那样的话，是不是可以向佳奈美说明一下"，但是看到长野表情痛苦，皱着眉头，我闭上了嘴。

他颤抖着，看起来像是忍受罪恶，也像是抑制愤怒。

"简单来说，我不想得罪佳奈美。"

"我很害怕她。"长野低着头说道。

11

与映子见面的那天傍晚，我收到了北见学姐发来的短信。

短信中说已经和长野谈好了，今后不会再收到恐吓信了，详细情况明天见面再谈。但是因为有重要的事情要调查，所以会尽量在真壁的结婚聚会之前赶到。

已经制止恐吓了，案件不就全部解决了吗？有什么需要进一步调查的事情？我很在意，但只是回复了"知道了"。

当映子告诉我四年前在受害者的内裤中检测出真壁的DNA后，我就不知道该如何看待这件事情了。

我也不知道该如何面对真壁才好。

就这样，到了结婚聚会当天。

北见学姐也被邀请参加聚会。即使调查的东西来不及出结果，在那里应该也能听她说说与长野见面后的收获——虽然这些话可能并不适合在喜庆的场合说。

我到了这家整整一面都是落地玻璃窗的小餐厅门口，门上挂着"包场"的牌子。

我正要推门而进的时候，有人叫了我的名字。

"木濑君，现在方便吗？"

"北见学姐。"

虽然真壁说只是简单地向亲近的人报告结婚的事，请大家穿着便服轻松地来，但我还是换了一件正式的礼服。北见学姐的服装却和往常一样，还是牛仔裤、夹克和短靴。肩上背着的包也是平时出去调查时的那个。

"能在外面说会儿话吗？在聚会之前。"她的表情很认真。

我点了点头，离开了门。

从学姐的表情中可以看出，我需要做好思想准备。

虽然我很紧张，但还是尽量装出平常心，和学姐去了餐厅对面的庭院。

今天是个适合举行婚礼宴会的好天气。阳光明媚耀眼，微风温暖和煦。

我和学姐来到了庭院的角落，学姐指着树旁的长椅，对我说："请坐吧。我觉得还是坐着听比较好。"

说着，她自己先坐了下来。

等我在旁边坐下后,她从包里拿出了一个透明文件夹。

"寄信的是长野荣治吧。"

"嗯。这个已经确认了,监控中拍到的确定也是他。"

透过透明文件夹的封面,可以看到里面的信。

"这是寄到真壁家的几封恐吓信。"学姐故意不带感情地说着。

她从文件夹里拿出那三封我也见过的信,放在自己的膝盖上,接着又拿出一张A4纸,递给我。

"我要说的话有很多……你先看看这个。"

我接过来,低头看着。

这份和解协议看着很眼熟,只是之前涂黑的部分现在能看清楚字了。

"咦?"

我的目光停留在被害者名字的一栏——长野佳奈美。

"这个……"

"真壁的未婚妻佳奈美,在父母离婚后改了姓氏,现在变成了井上。"

"怎么回事?"我看向学姐。

其实不用问是怎么回事。四年前案件的受害者就是佳奈美。

但是,我还没想明白这意味着什么。

"长野荣治是佳奈美的父亲。知道真壁是佳奈美的未婚夫后,就希望能阻止他们结婚。"学姐表情不变,淡淡地回答。

"刚知道这件事的时候,我也和你想的一样,认为这不可能是巧合。你给我发短信的时候,我正在和长野谈话。你一直相信真壁是无辜的,当听说在受害者的内裤上检测出了真壁的DNA,你一定也很混乱吧?"

"……"

何止是混乱。

那时候我确实怀疑了他,或者说是接近确信了。我想,真壁并不是被冤枉的。

简直是晴天霹雳。

即使是这样,我也必须要制止恐吓。过去犯了罪并不代表永远都不能获得幸福。我告诉自己,佳奈美和真壁的婚姻与他的过去无关。

尽管如此,我还是很震惊。深信不疑的前提被推翻了,我不知道该如何是好。必须向真壁本人确认,但是我很害怕。

再说,即使确认又能怎么样?本来案件就是以他有罪为前提达成和解而终结的。

对那个今后要和他结婚的一无所知的女性,我认为没必要特意告知她真壁的过去。虽然明明知道却隐瞒会让我感到内疚。

除了我,其他所有人都认为真壁有罪,只有我相信他是无辜的。即使我是错误的,这也不会改变什么。

我知道,问题是我自己能不能接受。从昨天开始,我就一直在想方设法接受这件事。可是,没有得出答案。

现在，我知道四年前的受害者是真壁现在的未婚妻，并且即将成为他的妻子，这已经不仅仅是我自己的问题了。

正如学姐所说，这不可能是巧合。

如果真壁知道佳奈美是四年前的受害者并接近她，而且佳奈美在一无所知的情况下想和他结婚，只有我们能告知她这一点。

但是，我突然很难相信。这一切难道都是真壁的策划吗？我必须要向他确认。不，如果那样做的话，我们就没有机会接触到佳奈美了。如果不向真壁确认就告诉佳奈美，如果是我们搞错了，事情就无法挽回了。

即使没有搞错，我能告诉她吗？

"你从一开始就对真壁深信不疑，但我并没有那么确信。我一直在考虑如果真壁是罪犯的情况和相应的案件处理方法……如果在调查的过程中得到了真壁有罪的证据或者信息，还是不要告诉你比较好。因为那不属于委托范畴。"

但是，我早于北见学姐从映子那里得到了信息。

如果我不知道 DNA，学姐会告诉我这件事吗？我的头脑一片混乱，净想着没有意义的事情。

我沉默着，学姐也沉默了一会儿。

"初中的时候，"她看向店铺突然说道，"木濑君，你说过你不想知道，还记得吗？"

太突然了。

如果我说不记得，学姐可能就会当作什么事都没发生过，所以她才故意这样问。

如果我忘了该多好。

"……我记得。"我甚至记得当时的全部对话。

那个穿着初中校服的少女形象，与现在站在我身旁的她重合了。

我一直以为学姐应该早已忘记我了。在侦探事务所再次见面的时候以及之后她从未提过，也从未表现出她还记得我。

"这样啊。"学姐点了点头，把手放在身侧的长椅上，仰望着天空。

"我在初中做的事并不是侦探的工作，本来想的是为了将来能成为侦探而学习，但是完全超出了那个范围。委托人也都是初中生，大部分不是为了收集信息，而是因为有困难希望得到我的帮助……比如从前男友的手机里删除自己的私密照之类——真正的侦探不会接受的委托。我有时也享受这种乐趣，大家都感谢我，称赞我'太厉害了'，我的心情也变得很好……但现在，我是一名侦探。"

"能做并不代表可以做，什么是对的也不是我能决定的。"她终于看向了我，苦笑道。

我第一次去事务所的时候，学姐特意向我说明了侦探的工作只是调查和报告。这不仅仅是叮嘱委托人，可能也是她对自己的告诫。

学姐还记得当初我和她的对话，和我说了过去的事情，我原以为她已经忘了那些事情。我开始心跳加速。

"侦探的工作就是对委托的内容进行调查,并告知委托人调查进展和信息。在调查的过程中,即使知道了不该知道的事情,也没必要一定要告诉委托人。是否告知,由每个侦探来判断。"学姐脸上的笑容消失了,表情严肃地说道。

我明白了她要说什么,我不自觉地挺直了背,表情紧张地等待着她的话。学姐看着我的眼睛,清楚地说道:"我考虑过了,我想把事情全部告诉你。如果你不想知道就现在告诉我。我已经找到了寄信人,他也答应不会再去恐吓真壁了。从这个意义上来说,委托的事情已经解决了,你只需要告诉真壁这些就行了。"

作为调查专家,她应该是知道了某些超出委托范围的新信息。

我可以想象,那个信息对我来说不会是好消息。

本来对于其他信息我无所谓,但是现在委托调查这件事的人是我。

我已经知道得太多了,所以做好了思想准备。

"请说吧。"我回望她的眼睛,回答道。

学姐深深地吸了一口气,又吐了出来,点了点头。

她靠近我,一边指着手中的和解协议,一边开口说:"四年前案件的嫌疑人是真壁,受害者是佳奈美。至少在记录上真壁强奸了佳奈美,寄到真壁家的信是佳奈美的父亲长野寄出的。与其说这是恐吓信,不如说是希望犯人良心发现,说服其放弃结婚,并劝告受害者的信。"

"如果是佳奈美的父亲,那为什么要匿名呢,是为了不伤害她吗?难道不能告诉她事情的经过,再想办法让她分手吗?"

"我也是这么想的。"学姐摇了摇头,"长野在信中没有指出具体的事实,是因为害怕对方发现自己。长野以前曾被指控对佳奈美实施性侵,因此和佳奈美的母亲离婚了。"

"什么?"

"但那是冤案。虽然现在还不能证明,但我觉得应该没错。"

"为什么?"

"因为,真壁身上也发生过同样的事情。"

突然出现亲生父亲性侵女儿这些极具冲击性的词语,我的脑子快跟不上了。

不等我平静下来,学姐继续说道:"当我知道四年前的受害者是佳奈美的时候,我认为是真壁接近了一无所知的佳奈美。真壁如此执着于她,是不是从一开始就是有计划的呢?但是,我错了。"

她一边说着,一边为自己的犯错感到后悔,低下了头。

"真壁真的什么都不知道,他不知道四年前的受害者是佳奈美……真壁在不知道受害者的长相和名字的情况下被逮捕,并最终达成了和解。但他不是真正的犯人。"

在性犯罪中,受害者的隐私受到严格保护。如果进行诉讼审判,会对律师公开刑事记录,信息也会传达给受害者,不会出现连受害者的照片都看不到的情况，但真壁的案件以和解的形式结束了。所以，他一直不知道导致自己被捕的"受害者"的长相和名字。真壁和映子都说过同样的话。

"那也就是说，真壁和佳奈美的相遇是偶然。"

不可能。

我再怎么想相信他，世界上也不可能有那样的巧合。

学姐制止了刚要开口的我："不是这样的。"

"真壁虽然不知道受害者的长相和名字，但是受害者知道嫌疑人的长相和名字。如果受害者拒绝，警察不会强迫受害者看，但是既然已经报案了，不可能不协助搜查。"

受害者佳奈美知道真壁的长相和名字？

即使知道他是袭击自己的人，她还是和真壁订婚了。

我不明白为什么，一股近乎恐怖的不安涌上心头。

"信一共有两种……严格来说，应该有三种。长野写给真壁的信和他写佳奈美的信，还有第三种类型，我们手上的并不是全部信件。"

学姐拿起膝盖上摆好的三封信。

"长野首先给犯人寄了信，是想唤醒他的良心，劝他不要做坏事，告诉他，我知道你。信上写着'停止结婚，你没有结婚的资格'这样语气强烈的语句，实物被真壁扔掉了，没有留下。但是，长野发现信件没有达到他想要的效果，决定给受害者邮寄一封信，就是这封。"

她把最上面的一封信交给了我。和我在真壁的卧室里看到的语调强硬的信件不同,这封信上用礼貌地写着"请终止结婚。你一定会后悔的"。

我混乱地看着信上的文字。

学姐又把第二封信交给了我。

"最后送到的是这封,'不应该不了解对方就结婚。这场婚姻会让你变得不幸。请好好调查一下四年前的事情。请和家人商量一下'……这也是一种劝告。是给真壁的。"

"给真壁的?"

不是佳奈美。

学姐对着我点了点头:"我们就是在这里误会了。"

长野寄信的理由是什么?劝告是写给谁的?那封信是写给谁的?

"一切都和我们的猜测相反。"

我突然理解了。长野想要帮助的对象不是佳奈美,想要定罪的对象也不是真壁。

"对长野来说,受害者是真壁,犯人是佳奈美。我和你基于错误的前提,进行了错误的推理。"

"没有强奸案,真壁没有说谎。他被佳奈美陷害了,为了能成为真壁的恋人,她陷害了他。"

12

　　长野说他很害怕佳奈美,一瞬间,一种从未想过的可能性浮现在我的脑海中。

　　长野也察觉到了。

　　"只要是她想要的东西,无论如何都必须得到,她就是这样一个人。"

　　我微微点头表示赞同,他继续说:"她还算比较文静,所以我们没怎么在意……现在回想起来,从小时候开始,她就是这样……有时候非常执着,因为是独生女,一直被我们娇生惯养。"

　　咖啡送过来后,长野一次也没碰过。他说了一会儿,把手伸向了咖啡杯,但只是拿在手上,没有喝。他的视线迷茫,好像在思考从哪里开始说才好。

　　"在四年前的案件之前,我就知道真壁了。我在佳奈美的房间里看到过他的照片,很明显是偷拍的,还有详细记录了他行动的笔记。那时候,我有些害怕,我没想到她会做出那么大的事情……现在回想起来,那时佳奈美的行为已经不对劲了,但是我当时的危机意识不足,我太糊涂了。"

　　他是亲生父亲,对女儿心软是人之常情,但长野一脸悔恨。

"佳奈美在案发前就认识真壁了吗?"

"不,我想只是佳奈美单方面跟在他身后而已。可能是在哪里看到,然后一见钟情了吧。"

据说,当时真壁和佳奈美都是乘坐公共汽车上学。真壁的母亲曾经对木濑说,这证明了犯罪并不是偶然行为,而是以受害者为目标的有计划的行动,被警方认定为对真壁的不利证据之一,也成了他们选择和解的理由之一。

但真相截然相反。

"听说那个青年被当作强奸案的犯人逮捕了,看到他的照片后我吓了一跳。后来,听说他否认了罪行,我的想法更加强烈了。他一定是被佳奈美陷害了。"

我想起了只在照片上见过一次的佳奈美的脸,虽然也不是不漂亮,但比较平凡。对她来说,当时的真壁是遥不可及的存在,他是医生的儿子,是英俊帅气、善于社交的医学生。但因为那起案件,他失去了全部。

当时,他正在交往的真秀、他的朋友们、那些追随者,全都离开了他。他成了触手可及的存在。

我感到毛骨悚然,用手捂住了嘴。

为了把喜欢的人占为己有,她夺走了对方的一切。

我不能理解这种思路。

她欺骗了家人,欺骗了警察,捏造了强奸案,陷害了她所爱的人。

她接近了孤独而绝望的真壁,只为了有一天可以温柔地对他说"我不在意你的过去"。

"我不能毁了一个无辜青年的人生。但是,我对妻子说不出口,说不出女儿有可能撒了那么恶劣的谎。而且,我也没有证据。听说还检测出了那个青年的DNA,我的脑子一下子混乱了……难道是在双方同意的情况下发生了性行为?我无法确认,最终还是没能告发亲生女儿。"

长野紧皱着眉头,表情和声音中都充满了苦恼。

他双手紧紧握着杯子:"我想至少能达成和解。这样他就不会留下前科。虽然我的想法很自私、很伪善,但总比被判有罪要好些……我和对方的律师签订了和解协议。佳奈美似乎也对和解一事没有不满。"

也许佳奈美觉得和解已经足够毁掉真壁的名声,而且她也希望能在审判中避免让真壁知道自己的真实身份。如果她的最终目的是成为真壁的恋人,那无论如何都不想给真壁留下负面印象。

"我以为这样就结束了,至少我当时是这么认为的。那时候,我还不清楚佳奈美为什么要捏造这样的事……我以为她被甩了才会报复真壁。对方已经被逮捕了,还付了钱,这件事就应该结束了……我没想到,佳奈美花了四年时间一直跟踪他。"

而且,她达到了目的。

如果捏造事实是为了毁灭自己讨厌的人——这也是十分可怕的行为——还可以理解,但是孤立自己喜欢的人,让他的世界只剩下自己,这种可怕的想法已经接近于疯狂。

我不禁抱紧了自己的双臂。

"达成和解后,我的内心久久无法平静。我担心佳奈美会不会又对谁做出什么事,而且对无辜的青年做了如此过分的事,我一直抱有罪恶感。"

故事好像还没完。

长野轻轻地摇了摇头,又把话题带回了四年前。

"佳奈美好像也隐约注意到我发现了她做的事,有时会用警告的目光注视我。从那时起,我开始对她感到恐惧。佳奈美对这件事很敏感。"

因为父亲注意到了她的本性,所以开始产生戒备。

只是想一下都觉得脊背发冷。佳奈美无所顾忌地陷害别人,装作什么都不知道的样子,不择手段排除一切障碍。与这样的人生活在同一个屋檐下,真的很可怕。

无论是谁都想赶紧逃跑,一辈子都不要和她扯上关系。但是身为亲生父亲,不可能说逃就逃。

"你没有机会和佳奈美谈论一下案件吗?"

"嗯,一次也没有。我不是没有想过要去和她谈论,但是始终无法鼓起勇气。后来,我们就分开生活了。"

如果长野公开真相,也许真壁就能恢复名誉了。但谁也不能责怪他没能做到。

相比于告发亲生女儿的抵触,激起她怨恨的恐惧,还有妻子了解真相后会受到的巨大打击,真壁的名誉不值一提。

而且他也没有掌握决定性的证据，还不确定能否证明佳奈美的所作所为。

这不算是性命攸关的事情，通过和解就可以解决，不给对方留下前科。因此，长野认为没必要冒着失去家人的风险去告发，这也是人之常情。

他继续说："大概是案件发生半年后的一天，佳奈美哭着对我妻子说'爸爸强暴了我'。当然，我完全不知情。后来，我们私下解决了，没有报警……因为这件事，我和妻子离婚了，她们要求我保证不再接触佳奈美。我并不想接触她，这样我更放心了。"

也就是说，佳奈美威胁他只要承诺不管她的事就不告发他。所以，他才会那么犹豫要不要公开向真壁提出忠告。

佳奈美连警察都成功地欺骗到了，所以尝到了甜头。继真壁之后，连亲生父亲也满不在乎地陷害，身边有一个知道事实真相和自己本性的人，她迫不及待地想让长野远离自己。

"话虽如此，但我是她的父亲，所以觉得自己也有责任。我很担心佳奈美又在某个地方把某个人的人生弄得乱七八糟……虽然我不想和她扯上关系，但是听说她要结婚了，我就感到很不安。"

"所以，你去看了看她的情况。"

长野点了点头，拿起杯子喝了一口。咖啡凉了，只听到咕咚的吞咽声。

"我被冤枉强暴了女儿，失去了妻子和家庭，但是还有几个朋友与我保持交往，是我为数不多的朋友之一，告诉了我佳奈美订婚以及和未婚夫住在一起的事。他的妻子和我的前妻关系很好……他是从妻子那里听说了这件事。"

一想到长野被迫离家的前因后果，就觉得关系很复杂。对于长野的妻子和她的朋友来说，他是一个无法原谅的坏人。家庭之间知根知底，长野的朋友也很难包庇他。之前亲近的朋友都用怀疑和蔑视的目光注视他，这种恐怖和郁闷，与四年前真壁所经历的很相似。

他可能也想到了这一点，把这一切当作对自己的惩罚，坦然接受了。尽管他现在被冤枉、被孤立，也能保持平静。

在这种情况下，长野还有相信他的朋友，这是唯一的救赎。

"当我看到姓氏门牌上写着'真壁'的时候，我屏住了呼吸。这个名字是实际受害者的名字，我一刻也未曾忘记过。"

长野双手捧着只喝了一口的咖啡杯。

"我坐立不安，希望佳奈美能醒悟，所以写了信。可悲的是，只能匿名。"

"我知道你是什么样的人。这样的婚姻是不被允许的"，那不是写给真壁，而是写给佳奈美的信。

可是，在信箱里发现信的人不是她。

"真壁看到了那封信，以为是写给自己的。"

长野点了点头，承认自己太粗心了。

"我是个守旧的人，我的母亲和妻子都是全职主妇，所以我先入为主地以为女性总是待在家里，一定是她们先看到信件。"

"第二封信和第三封信都是写给佳奈美的吗？"

"是的。大概是第四次去投放信件的时候，我担心如果被人发现我在佳奈美的家周围徘徊不太好，后来就改为邮寄了……收件人写了真壁。既然佳奈美执迷不悟，我想只能劝告真壁了。"

就是那封用敬语写着"你一定会后悔的"的信。从写给犯人变成了写给受害者，这封信与直接投放的信相比，内容和语气都突然变得柔和了。

"但是，"他低下了头，"因为是匿名信，内容也不能写清楚。我害怕万一被佳奈美看到，知道告发者是我……"

"我能明白。"我随声附和道。

佳奈美迄今为止的行为让人觉得很恐惧，不知道得罪她后她又会做出些什么事。别说长野，谁都想远远避开。更何况，他还有把柄在佳奈美的手里。

"下一封信……您刚才说的，最后一次直接投放的信，是这封吗？"

我拿起放在桌子左端的信，看着上面的内容，这是最长的一封。

"不应该不了解对方就结婚。这场婚姻会让你变得不幸。请好好调查一下四年前的事情。请和家人商量一下。"在知道事情真相之后，这样读起来确实能感受到他对真壁的劝阻。

如果能更清楚地了解具体情况，真壁就会有所戒备。可惜，真壁读了这封信后，误认为是寄给佳奈美的。

他以为寄信人是想把自己的过去告诉佳奈美，提醒她注意自己。信是直接投放的，所以没有写收件人姓名，这也是引起误会的原因之一。

我把信放回桌上，看着右边的那封信。

"不可能有女人知道你是罪犯还想和你结婚。"

两封信都是随处可见的白色信封和打印出来的A4纸。对比前后两封信，这封信的语气明显变得粗鲁，这是在信箱安装监控摄像头之前直接投放的。

"这两封信是连续收到的，这封信不是您写的吧？"

长野点了点头。

如果是这样，那么另一个寄信人的人选就只有一个。

频繁出入真壁家的佳奈美，在某个时机看到了长野寄来的信。也许是偶然发现了真壁扔在卧室垃圾桶里木濑看到的那封信，也许是她在真壁之前看到了信箱里的信。然后，她理解了信中的意思——只有她知道，那是告发自己罪行的信件。

"收到信后，真壁隐瞒了，不想让佳奈美察觉到，不想让她担心。佳奈美看到了信，又观察了真壁的态度，意识到他把信误认为是寄给他自己的了。趁着这个机会，她自制了一封中伤真壁的信放进信箱，误导了真壁。"

在我和木濑拜访真壁家，计划安装监控摄像头的第二天早上，她把那封写着"不可能有女人知道你是罪犯还想和你结婚"的信投放进了信箱，信中称呼真壁为罪犯，无论怎么读都是在谴责真壁。也许是偶然，也许是佳奈美通过窃听等手段知道第二天就会安装摄像头，所以赶在那之前急忙准备的。不管怎么说，效果达到了。

因为这一封假信混在里面，我们很自然地以为所有的信都在告发真壁的罪行。

长野用双手捂住脸："我害怕佳奈美。明明她和我是有血缘关系的家人……我现在也很害怕。别说阻止佳奈美了，我甚至没有勇气直接和真壁说话。"

我知道对长野来说，他已经竭尽全力了。安慰的话语对他来说没有意义。他并不想听到别人对他说"不是你的错"。

"她说被我强暴了，我当然否定了。但是，她拿出了证据……佳奈美说，在她房间的床单上，有我的……体液附着在上面。我完全不知情，但是家里只有我一个男人，所以妻子认为这是决定性的证据。就这样，我被莫名其妙被赶出了家门。佳奈美和妻子没有报警，我也失去了证明自己无罪的机会。"

她流着泪诉说自己被父亲强暴了，并拿出了沾有体液的床单，母亲一定会深信不疑。选择私下处理不报警，也不会进行 DNA 鉴定。这一定也在佳奈美的计划之中。

长野继续说："后来，我才知道佳奈美在情人旅馆打工。床单上附着的体液是从打工的地方得到的。我想，她应该也是用同样的方法陷害真壁。等我意识到的时候，一切都已经太迟了。"

我向长野询问了佳奈美打工的情人旅馆的名字。我征求了长野的同意,当场打了一个电话。幸好是星期六的白天,高村真秀接了电话。

"想请教你一件事。你还记得和真壁交往时住的情人旅馆的名字吗?"

高村明显表现出了厌烦。我向她解释这是一件很重要的事,她说名字可能有些记不清了,但还是把旅馆的位置告诉了我——和长野告诉我的旅馆名字一样。

我说了声"谢谢",然后挂了电话。

一定是佳奈美跟踪真壁,监视他的行动后知道了情人旅馆的信息,最终得到了真壁的DNA,捏造了强奸案。

情人旅馆的工作人员可以在退房后进入真壁的房间打扫,由此可以将他使用过的避孕套带走。不知道真壁什么时候会来旅馆,为了得到想要的东西,佳奈美需要花费几个月的时间等待。

事实上,她花了几年的时间等待,终于和真壁订了婚。这种执着令人不寒而栗。

为了得到真壁,佳奈美让他从云端陷入泥淖。一旦他的身边有了别的恋人,她就去骚扰他,一次次夺走他的容身之所。终于,一无所知的真壁最终坚信"我只有佳奈美一个人了"。

把真壁被逮捕和达成和解的消息告诉医学部的学生们,这无疑也是佳奈美做的。当然,给泽井玲奈寄信的人也是她。

两个人上学的路线是一样的，大概是佳奈美在公共汽车或某个地方见到了真壁后，单方面坠入了爱河。

从一开始，一切就是错的。

警察和我都认为这不可能是偶然。上学路线相同的两个人成为案件的犯人和受害者，在搬家后相遇，这些确实不是偶然，这都是佳奈美一手策划的。

长野默默地听着我和高村的通话，等我挂断电话后说："我真的很对不起真壁。"

"我应该早一点和盘托出警告他。但是，我很担心他会不会相信我。最重要的是，我不想得罪佳奈美。她能若无其事地做出那些事，一般人不是她的对手。我不可能说服她的，只能逃跑。"

"我至少应该早点对真壁说'快逃'。"

说着，长野捂住脸沉默了。他看起来并没有因为把事情全部说了出来而心情舒畅，而是陷入迷茫，不知道今后该怎么做才好。

13

听完了北见学姐的话，我下意识地摸了摸自己的胳膊。

在温暖的阳光下，我却起了一身的鸡皮疙瘩。

我不敢相信世界上会有人一手策划这些可怕的事，而真壁正打算和这样的人结婚。

"很幸运能打通高村的电话。佳奈美是不是在这家情人旅馆打过工，我并没有去取证，但已经向长野和高村双方确认过了，应该不会有错。"

"书面报告还没有做好，但我想先向你口头汇报一下。"

学姐也是希望能来得及在结婚聚会之前把真相告诉真壁。

"我的委托人是你，所以书面报告给谁看，把从我这里听到的事告诉谁，都是你的自由。你可以等书面报告出来后再说，也可以现在就去说。"

"也可以选择今后永远不说。"学姐目不转睛地看着我，说道。

"如果你觉得由我来告诉真壁更好，我就去找他。我也可以陪你一起去。但是，是否告诉他这件事的决定权在你。"

确实，那不是她的工作。是我委托她进行调查的，这件事必须由我做出决定。

我把目光转向庭院对面的餐厅，透过一整面的落地玻璃，可以看到里面的景象。

餐厅里已经为聚会做好了准备，也开始聚集了一些客人。

我找到真壁的身影，吓了一跳。他正在店外迎接客人，那个人看起来像是他的同事，他们在笑着交谈。

两个人应该还没有去结婚登记。

我记得真壁说过，结婚申请表已经填写好了，会在今天的聚会上公开展示给大家，之后投递到夜间窗口。

这是我第一次看到真壁那样幸福。

"如果是学姐你的话……会怎么办？"

"如果我站在你的立场吗？我想我会说的。"学姐毫不犹豫地回答。

"但是，也不一定告知真相更好。你要好好想想，作为真壁的朋友，到底应该怎么做才好。"

刚刚知道真相的时候，我想，必须尽快告诉真壁。

井上佳奈美的所作所为是不可原谅的，这样的人竟然会成为他的妻子，光是想象就觉得毛骨悚然。必须要把他枕边人的真实身份、他自身所处的危险情况告诉真壁。

但是现在，我开始迷茫了。

佳奈美是那么执着于真壁。虽然她采取的手段令人厌恶，但现在已经成功得到了他，她对真壁来说已经不是危险的存在了。

真壁很爱她，和她在一起很幸福。只要他们两个人幸福，就不会再出事。

正因为他什么都不知道，才会觉得幸福——他曾经失去一切，放弃追求幸福，现在，他终于能这样笑了。

如果把佳奈美的真实身份告诉真壁，他的笑容就会消失。他可能再也笑不出来了。佳奈美一定会痛恨我和北见学姐，把我们视为敌人。

知道了真相,谁都不会幸福。但是,这件事本身就是错误的。

我知道应该怎么做,但不确定自己会不会这么做。

我无法下定决心,先从长椅上站了起来。北见学姐也站了起来。

真壁在店外和客人说着话,突然看向了这边。他似乎注意到了我们,开心地挥了挥手。

如果现在不说,就再也不能说了。

这时,一个身穿奶油色连衣裙的女人从店内走了出来,站在了真壁的身边。她手里拿着一捧淡色的花束——新娘的捧花。

真壁对她说了什么,她看向我,朝我轻轻地点头打招呼。

晴朗明媚的碧空像是祝福这两个人似的,但却让人感觉烦躁。我站在这里,一动不动。

学姐担心地看着我。

真壁陪着她向我走来,应该是想向我们介绍他的未婚妻。

我还是动不了。

我还是无法决定。

两个人向我一步步走近了。

(全文完)

本故事纯属虚构。作品中的名称与实际存在的人物、团体等一概无关。此外,作品中出现的法律理论,存在一定的夸张或省略。在处理实际案件时,请勿参考本书,请咨询律师。

图书在版编目（CIP）数据

毒花束/(日)织守恭弥著；王丹译. -- 北京：北京联合出版公司，2024.4
ISBN 978-7-5596-7406-7

Ⅰ.①毒… Ⅱ.①织…②王… Ⅲ.①长篇小说－日本－现代 Ⅳ.①I313.84

中国国家版本馆CIP数据核字(2024)第018056号

HANATABA WA DOKU by ORIGAMI Kyoya
Copyright 2021 ORIGAMI Kyoya
All rights reserved.
Original Japanese edition published by Bungeishunju Ltd., in 2021.
Chinese (in simplified character only) translation rights in PRC reserved by SHANGHAI MU SHEN CULTURE MEDIA CO., LTD. under the license granted by ORIGAMI Kyoya, Japan arranged with Bungeishunju Ltd., Japan through The English Agency (Japan) Ltd., JAPAN and CA-LINK International LLC, China.

北京市版权局著作权合同登记　图字：01-2024-0477

毒花束

作　　者：[日]织守恭弥
译　　者：王　丹
出 品 人：赵红仕
策划监制：王晨曦
责任编辑：牛炜征
特约编辑：陈艺端
装帧设计：陈雪莲
封面插画：叁平米
营销支持：沈贤亭

北京联合出版公司出版
(北京市西城区德外大83号楼9层　100088)
北京联合天畅文化传播公司发行
上海盛通时代印刷有限公司印刷　新华书店经销
字数　163千字　889毫米×1194毫米　1/32　8.5印张
2024年4月第1版　2024年4月第1次印刷
ISBN 978-7-5596-7406-7
定价：59.00元

版权所有，侵权必究
未经书面许可，不得以任何方式转载、复制、翻印本书部分或全部内容。
本书若有质量问题，请与本公司图书销售中心联系调换。
电话:010 - 65868687　010 - 64258472 - 800